The
Happiest
PinkPig
맥덕&맥머

麥唛完美故事, 麥唛寧靜聲音
編著 : 謝立文, 挿畵 : 麥家碧
Copyright ⓒ1998 by Bliss Press Limited,
Copyright ⓒ2003 by Bliss Press Limited
All rights reserved.

Korean Translation Copyright ⓒ2009 by BLUE WING PUBLISHING CO.,
Korean edition is published by arrangement with Bliss Press Limited
through EntersKorea Co.,Ltd,Seoul.

이 책의 한국어판 저작권은 (주)엔터스코리아를 통한
홍콩의 Bliss Press Limited 와의 계약으로 도서출판 푸른날개가 소유합니다.
저작권법에 의하여 한국 내에서 보호를 받는 저작물이므로 무단전재와 무단복제를 금합니다.

The Happiest Pink Pig
맥덜 & 맥덕

차례 contents

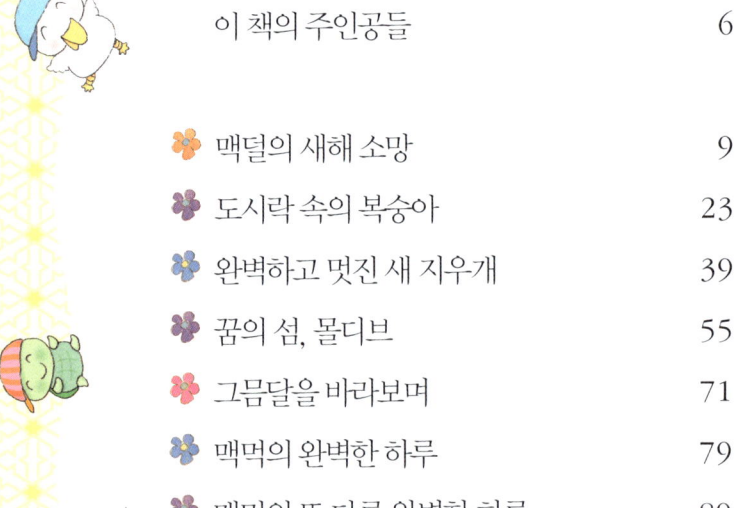

이 책의 주인공들	6
🌸 맥딜의 새해 소망	9
🌸 도시락 속의 복숭아	23
🌸 완벽하고 멋진 새 지우개	39
🌸 꿈의 섬, 몰디브	55
🌸 그믐달을 바라보며	71
🌸 맥먹의 완벽한 하루	79
🌸 맥먹의 또 다른 완벽한 하루	89
🌸 그거 네 거니?	99

🌸 유행이 지난 다마고치	109
🌸 행복을 찾은 병아리들	123
🌸 보름달과 변하지 않는 것	141
🌸 희망을 실은 비행기	157
🌸 비가 오는 가을날	169
🌸 맥먹의 신기한 유치원복	181
🌸 눈에는 보이지 않는 선물	193
🌸 정성이 깃든 크리스마스	209
🌸 따뜻한 한 줄기 빛	223

이 책의 주인공들

아마 이 책을 읽는 사람이 눈치가 빠르다면 벌써 알아차렸을 거예요. 이상하게도 유치원 친구들과 맥덜의 엄마만 동물인 것을요. 그런데 정작 주인공들은 전혀 신경 쓰지 않는군요. 게다가 이곳저곳 원장선생님과 링링 선생님이 불쑥불쑥 나오고 있네요. 하지만 모두 다른 사람이랍니다. 아이들 눈에는 어른들의 생김새가 모두 비슷하게 보이나 봐요.

맥덜의 엄마

항상 밝고 활기찬 맥빙 여사예요. 좀 털렁대기도 하지만 맥덜을 사랑하는 마음은 누구에게도 뒤지지 않아요. 눈의 얼룩무늬가 맥덜과 닮았지요.

맥덜

공부도 꼴찌, 운동도 꼴찌. 하지만 친구들은 모두 맥덜을 좋아하지요. 맥덜은 항상 상냥한 마음씨로 엄마와 친구들을 먼저 생각하거든요.

맥먹

맥덜의 사촌이에요. 같은 유치원을 다니는 둘은 사이가 무척 좋아요. 성격이 꼼꼼한 맥먹은 늘 맥덜을 보살펴 줍니다.

링링 선생님

유치원 선생님이에요. 영어를 굉장히 잘하신답니다. 유치원 친구들의 존경을 한 몸에 받고 계시죠. 한편으로는 조금 엉뚱한 면도 있으세요.

페이
작은 친구 페이는 거북이라서 달리기가 느려요. 늘 싱글벙글 웃는 게으름뱅이지요.

구시
노란 부리가 정말 귀여운 아기 오리 구시는 맥먹과 제일 친한 친구랍니다.

원장선생님
유치원의 원장선생님이에요. 대머리에 뚱뚱한 아저씨지만 아이들을 정말 좋아하는, 마음 따뜻한 분이랍니다.

준
아기 하마 준은 메이와 제일 친해요. 큰 덩치만큼이나 어른스러운 친구예요.

메이
하얀 암송아지 메이는 맥멀과 친한 친구예요. 만화와 캐릭터 인형을 제일 좋아하지요.

더비
모자를 쓰면 얼핏 토끼처럼 보이지만 사실은 아기 고양이랍니다. 몸이 날렵하고 운동을 엄청 잘해요.

 # 맥덜의 새해 소망

"새해 소망을 써 오세요." 링링 선생님이 숙제를 내 주셨어요.

맥덜의 새해 소망은 바로 길거리에서 어묵을 먹는 것이었죠. 새해 소망이 겨우 어묵을 먹는 거라니 좀 우스운가요? 물론 초등학생, 중학생 형들은 한 손에는 어묵을, 다른 한 손에는 국물이 든 종이컵을 들고 잘만 먹지요. 하지만 유치원생인 맥덜에게는 무척 어려운 일이었거든요. '아, 나도 길거리에서 파는 따끈한 어묵 국물을 먹고 싶다.' 맥덜은 침을 꼴깍 삼키며 새해 소망을 생각했죠. '길거리에서 파는 어묵 먹기'

맥덜은 집에 돌아오자마자 엄마에게 물었어요. "엄마! 길거리에서 파는 어묵 말이에요. 그 '어묵'이란 글자를 어떻게 써요? 새해 소망을 써야 하는데 그 글자를 몰라서요." "맥덜! 다른 친구들은 멋진 새해 소망을 적어 올 텐데, 넌 겨우 어묵 먹기니?" 엄마는 맥덜의 새해 소망이 마음에 들지 않았지만, 결국 '어묵'이란 글자를 가르쳐 주셨죠.

다음 날 수업 시간, 친구들이 돌아가면서 새해 소망을 발표했어요. 더비의 새해 소망은 '책 많이 읽기'였고, 메이는 '환경 보호'였어요. 어? 맥먹의 소망은 좀 특이한데요? 글쎄, '환율 안정'이라고 말하지 뭐예요. 그래도 모두 맥덜의 소망인 '길거리에서 파는 어묵 먹기'보다는 왠지 멋진걸요?

"모두 멋진 새해 소망이구나. 오늘 못한 사람은 내일 계속해서 발표해 보자." 선생님께서 칭찬해 주셨죠.

맥덜은 집에 오자마자 심각한 표정을 지으며 엄마에게 물었어요. "엄마! 어른스러운 새해 소망은 어떤 게 있을까요?" 그러자 엄마는 잠시도 고민하지 않고 술술 말하셨어요. "세계 평화, 경제 활성, 환경 보호……." 맥덜은 엄마가 불러 주신 어른스러운 소망을 쭉 적고 나서 맨 끝에 처음 생각했던 새해 소망을 적었죠. '길거리에서 파는 어묵 먹기'만 쓰려니 좀 창피했거든요.

⚜

드디어 다음 날, 맥덜은 진지하게 발표를 했어요. "제 새해 소망은 '세계 평화' 그리고 '경제 활성' 그리고 '환경 보호' 그리고 '길거리에서 파는 어묵 먹기'예요." 이런! "푸하하하." 교실은 순식간에 웃음바다가 되고 말았답니다. "맥덜! 네가 가장 바라는 소망 한 가지만 쓰는 거야. 알겠니? 내일 다시 발표하도록 해." 링링 선생님이 친절하게 설명해 주셨죠.

도대체 새해 소망을 뭐라고 써야 할까요? 맥빙 여사는 한참 고민하더니 곧 좋은 생각이 난 듯 손뼉을 탁 치며 말했어요. "아하! 일단 '세계 평화'라고 쓰자. 그리고 거기에 어울리는 그림도 함께 그려 가면 선생님도 분명히 칭찬해 주실 거야."

다음 날 아침, 유치원으로 향하던 맥덜이 어묵을 파는 노점상 앞을 지나갈 때였어요. "꼬마야, 어묵 먹고 싶지 않니?" 주인아저씨가 물었어요. 이런! 화들짝 놀란 맥덜은 더듬거리며 엉뚱한 대답을 했지 뭐예요. "세……계, …평화요."

"제 새해 소망은 세계 평화입니다." 맥덜이 다시 발표했어요. 그러자 선생님이 박수를 치며 칭찬을 해 주셨죠. "훌륭한 새해 소망이구나! 어머머, 그림도 멋지게 그려 왔네. 지구 위에 세계 여러 나라의 어린이들이 손을 잡고 있는 모습이 정말 아름답구나." 맥덜이 새해 소망을 잘 선택한 것 같군요.

❦

와우! 정말 대단해요. 별 다섯 개를 받았네요. 맥먹의 '환율 안정'도 겨우 별 네 개였지요. 그동안 단 한 번도 별 다섯 개를 받아 본 적이 없었던 맥덜은 하늘을 날 듯 기뻤답니다. 맥빙 여사와 맥덜은 감동의 눈물을 흘렸지요.

"맥덜! 별 다섯 개를 받았으니 엄마가 소원을 하나 들어 줄게. 뭐 해 줄까?" 맥빙 여사가 물었어요. 그러자 맥덜은 잠시도 망설이지 않고 대답했죠. "길거리에서 파는 어묵을 꼭 먹어 보고 싶어요!" "아이고! 그게 뭐가 맛있다고 그래? 어묵은 거의 밀가루인데다가 국물은 조미료로 맛을 내서 몸에도 안 좋단 말이야!" 엄마가 말려 봤지만 아무 소용이 없었어요.

마침내 맥덜은 그렇게 먹고 싶어 했던 어묵을 먹게 되었어요. 주인아저씨가 어묵을 잘라서 그릇에 담아 주셨어요. 맥덜은 한 손에 그릇을 들고 숟가락으로 떠먹기만 하면 되었죠. 맥덜은 국물과 함께 어묵을 떠서 호호 불어 한 입 가득 먹었답니다. '그래, 바로 이 맛이야!' 맥덜은 세상을 다 얻은 듯 행복했어요. 오랫동안 꿈꿔 왔던 소원이 드디어 이루어졌으니까요.

그날 밤, 맥덜은 도화지를 꺼내 그림을 그렸어요.
파란 지구 위에 세계 각국의 어린이들이
둥글게 서 있는 그림이었지요.
얼핏 보면 아침에 숙제로 냈던 그림이랑
별 차이가 없는 것 같지만,
자세히 보니 분명히 다른 그림이네요.
하늘에는 별이 반짝이고, 예쁜 꽃들도 피어 있었죠.
그리고 모든 어린이들의 손에는 어묵 그릇이 들려 있었어요.
모두 행복한 표정으로 어묵을 맛있게 먹고 있는 그림이었죠.

'세상 사람들의 소망이 모두
이루어진다면 얼마나 좋을까?
그러면 세계도 틀림없이 평화로워질 거야.
맥먹의 소망대로 환율도 곧 안정될 거고.'
맥덜은 깊은 생각에 빠졌지요.
맥덜의 생각대로 된다면 정말 좋겠죠?

 도시락 속의 복숭아

오늘은 맥먹이 처음으로 유치원에 도시락을 싸 가는 날이에요. 엄마는 아침 일찍 일어나서 맥먹이 제일 좋아하는 계란 샐러드 샌드위치와 초코 케이크 그리고 복숭아 하나를 도시락으로 싸 주셨어요. 먹을 것이 눈앞에 있으면 먹지 않고는 못 배기는 맥먹에게 엄마는 도시락은 반드시 점심시간에 먹어야 되며, 복숭아는 남겨두었다가 수업이 다 끝난 후에 먹어야지 집으로 돌아오는 길에 배가 고프지 않다고 몇 번이나 말했어요.

도시락을 든 맥먹은 무척 새로운 기분이었어요. 왜냐하면 음식을 손에 들고도 바로 먹어 버리지 않은 것은 처음이었거든요.

스쿨버스를 탄 맥먹은 도시락 뚜껑을 살짝 들추어 보았어요.
우아! 계란 샐러드 샌드위치와 초코 케이크 그리고 복숭아!

하지만 맥먹은 엄마가 이야기했던 것을 잘 기억하고 있었어요. 그래서 도시락 뚜껑을 다시 잘 덮어 놓았어요. 맥먹은 얼른 학교에 도착했으면 했지요. 그리고 빨리 점심시간이 되었으면 하고 생각했어요.

수업 시간에 새로운 것을 배우는 것은 정말 재미있어요. A는 APPLE. 순간 맥먹은 갑자기 도시락이 생각났지요. 사과는 복숭아랑 비슷하게 생겼잖아요. 그리고 계란 샐러드 샌드위치와 초코 케이크도 생각났지요. 맥먹은 침이 꼴깍 넘어갔어요.

하지만 도시락은 점심시간에 먹어야 한다는 것을 맥먹은 잊지 않고 있었어요. '그럼! 도시락은 점심시간에 먹어야 해.' 맥먹은 스스로에게 말하고는 다시 열심히 공부를 했지요.

"자! 여러분 모두 운동장으로 가서 도시락을 먹으세요!" 드디어 선생님이 말했어요. 맥먹은 도시락을 들고 친구들을 따라 운동장으로 나갔어요.

맥먹과 친구들은 둥글게 둘러앉아 각자 가지고 온 도시락을 펼쳤어요. 더비는 햄버거, 알라는 맛있는 크로켓을 가져왔고, 양양이는 구수한 보리빵, 찍찍이는 큼지막한 치즈 덩어리를 도시락으로 싸 왔어요. 모두 맛있는 음식들이었지요.

그래도 맥먹은 당연히 엄마가 싸 주신 계란 샐러드 샌드위치와 초코 케이크가 제일 맛있었지요.

맥먹은 마지막으로 남은 복숭아를 물끄러미 바라보다가 그냥 도시락 뚜껑을 조심스럽게 닫았어요. 왜냐하면 복숭아는 수업이 다 끝난 후에 먹어야 하니까요.

맥먹은 선생님이 읽어 주시는 재미있는 이야기를 들으면서도 도시락 속에 남은 복숭아가 생각났어요.

맥먹은 친구들과 함께 줄을 서서 화장실을 가면서도 머릿속에 복숭아가 계속 떠올랐지요.

그래도 맥먹은 그 복숭아를 먹어 버리지 않았어요. 그저 수업 시간에 몰래 도시락 뚜껑을 살짝 열고서 한번 쳐다보기만 했답니다. 꼴깍하고 침이 넘어가기는 했지요.

⚜

수업이 모두 끝난 후 선생님이 학교 문 앞에 줄을 서서 스쿨버스를 기다리라고 하셨을 때, 친구들은 저마다 간식을 꺼내 먹었지요. 맥먹도 그제야 도시락 통에서 복숭아를 꺼냈어요.

"냠냠냠냠, 진짜 맛있다!"

집으로 돌아온 맥먹은 복숭아씨만 담긴 도시락을 엄마에게 건넸어요. 그리고 복숭아씨를 가져도 되는지 물어 보았어요. 엄마는 그러라고 하셨지요.

그날 저녁 맥먹은 작은 종이 상자를 만들고, 그 위에 APPLE이라고 썼어요. 맥먹은 아직 복숭아가 영어로 뭔지 모르거든요.

맥먹은 복숭아씨를 종이 상자 속에 넣고 뚜껑을 덮고 난 후 책상 위에 올려놨어요. 그리고 침대에 누워 상자를 바라보았어요. 그러다 맥먹은 스르륵 잠이 들어 버렸지요.

창문 너머 달빛이 들어와 맥덜의 APPLE 상자 위에 곱게 내려와 앉았어요. 잔잔한 달빛처럼 고요한 행복이 맥먹의 꿈속으로 살며시 스며들었답니다.

완벽하고 멋진 새 지우개

맥덜은 엄마를 조르고 졸라 마침내 마음에 쏙 드는 완벽하고 멋진 새 지우개를 샀어요.

❋

우아~! 정말 멋진 지우개군요. 우유처럼 뽀얀 빛깔, 독특한 모양, 은은한 과일 향, 게다가 아기 피부처럼 보드라운 감촉까지. 흠 잡을 곳이 하나도 없는 완벽한 지우개였지요. 맥덜은 정말 행복했어요. 세상에서 가장 완벽한 지우개를 가졌으니까요.

'이렇게 멋지고 완벽한 지우개는 세상에 없을 거야. 이 지우개가 내 거라니…, 정말 믿기지가 않아!' 맥덜은 창문 너머 들어오는 달빛에 비친 지우개를 바라보며 행복해했지요.

⚜

맥덜은 기쁜 일이 생기거나 공부를 잘했을 때, 혹은 지우개가 무척 보고 싶을 때만 조심스럽게 필통 뚜껑을 열고서 지우개를 잠깐 쳐다본 뒤 얼른 뚜껑을 닫았지요. 완벽한 지우개를 보는 것은 맥덜이 스스로에게 주는 가장 큰 상이었답니다. 맥덜이 지우개를 얼마나 소중하게 여기는지 알겠죠?

맥덜이 이렇게 아끼는 지우개를 사용하지 않는 것은 어쩌면 당연한지도 몰라요(그야 완벽하고 아름다운 지우개를 절대 더럽힐 수 없을 테니까요). 그런데 이를 어쩌면 좋죠? 맥덜에게는 다른 지우개가 없었어요. 맥덜은 세상에서 가장 완벽한 지우개 하나만으로도 충분히 만족했거든요.

2월 3일 호 날씨

커 피 커피

커피 커다란 커피
커피 커다란 커피
커피 커다란 커피
커피 커다란 커피
커피 커다란 커피
커피 커다란 커피

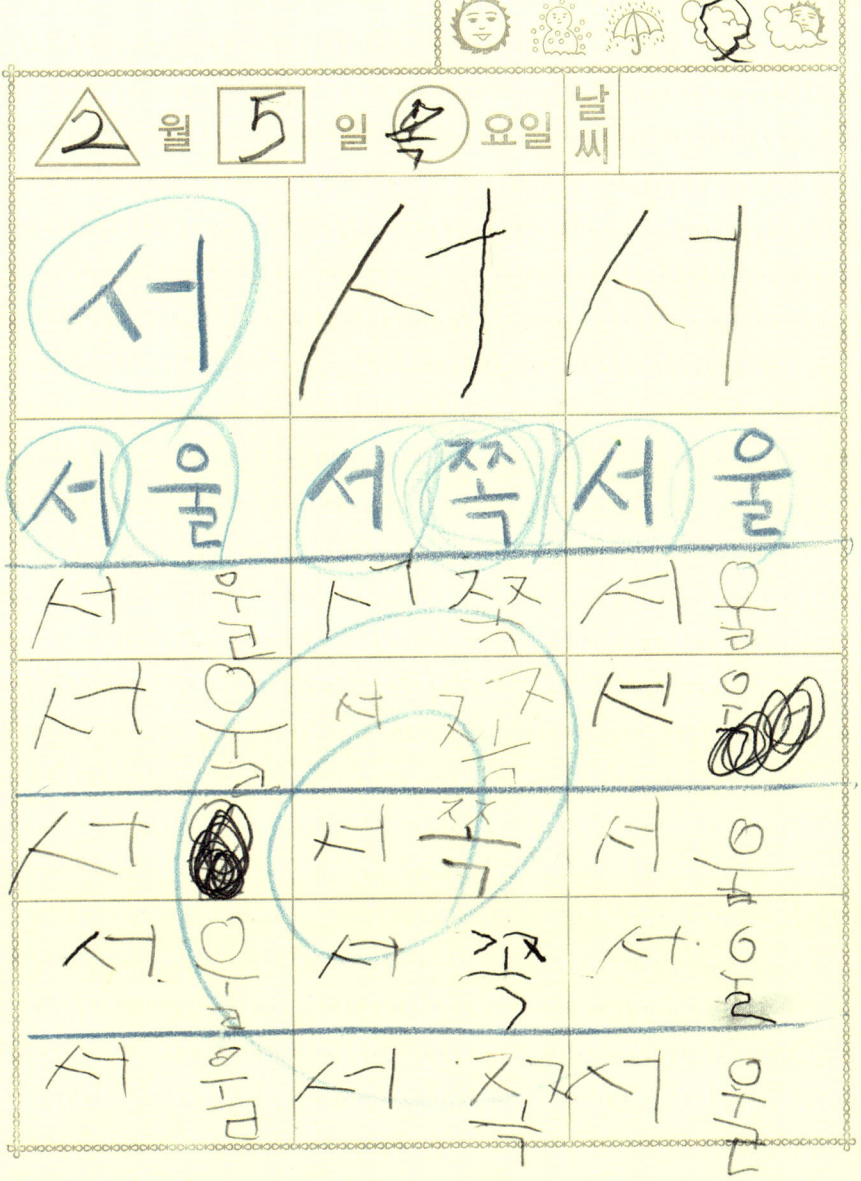

하지만 지우개를 쓰지 않고도 글씨를 잘 쓸 수 있을까요? 그 결과야 불을 보듯 뻔했지요. 맥덜의 공책은 점점 엉망이 되어갔어요. 링링 선생님은 삐뚤빼뚤한 맥덜의 글씨를 보자 한숨이 나왔지요. "맥덜! 글씨를 이렇게 엉망으로 쓰면 어쩌니? 지우개로 깨끗이 지우고 다시 쓰렴!" 링링 선생님이 맥덜을 타일렀지만 아무런 소용이 없었어요. 링링 선생님은 하는 수 없이 맥덜의 엄마에게 이 사실을 얘기했답니다.

"이 녀석, 아낄 걸 아껴야지! 그 지우개 당장 압수야!" 화가 난 맥덜의 엄마가 소리쳤어요.

그 후에 맥덜에게는 과연 어떤 일이 일어났을까요? 그 누구도 전혀 예상하지 못했던 일이 벌어졌답니다.

엄마에게 완벽하고 멋진 새 지우개를 뺏긴 맥덜은 다른 지우개가 없었지요. 그래서 아주 천천히 조심스럽게 한 글자 한 글자를 썼어요. 조금이라도 틀리지 않으려고 안간힘을 썼죠.

umbrella umbrella umbrel
umbrella umbrella umbrel
umbrella umbrella umbrell
umbrella umbrella umbrella
umbrella umbrella umbrell
umbrella umbrella umbrell
umbrella umbrella umbrell
umbrella umbrella umbrell

umbrella umbrella umbrella
umbrella umbrella umbrella
umbrella umbrella umbrella
umbrella umbrella umbrella
umbrella umbrella

하지만 유치원생이 지우개 없이 한 글자도 안 틀리고 글씨를 쓰는 것은 무척 힘든 일이에요. 어휴! 그래서 맥덜은 숙제하는 시간이 다른 친구들보다 네다섯 배나 더 걸렸어요. 하지만 맥덜은 조금도 짜증 내지 않았어요. 새 지우개를 완벽하게 지킬 수만 있다면 그 정도쯤은 얼마든지 참을 수 있었죠.

맥덜의 마음을 이해한 링링 선생님은 부드럽게 타일렀어요.
"맥덜! 꼭 새 지우개를 쓰라고 강요하지는 않을게. 하지만 네가 글씨를 너무 천천히 쓰다 보니 공부하기 힘든 것은 사실이야. 곰곰이 생각해 보렴. 정말 지우개를 쓰지 않고도 글씨를 빠르고 정확하게 쓸 수 있을까?"

맥덜은 잠시 생각하더니 자신 있게 대답했어요. "물론이죠."

조	개	는		신	이
조	개	는		신	이
조	개	는		신	이
조	개	는		신	이
조	개	는		신	이
조	개	는		신	이
조	개	는		신	이
조	개	는		신	이

찾	어	요	.		
찾	어	요	.		
찾	어	요	.		
찾	어	요	.		
찾	어	요	.		
찾	어	요	.		
찾	어	요	.		
찾	어	요	.		

며칠 후, 맥덜은 어려운 글씨도 빠르고 정확하게 쓸 수 있게 되었어요. 원장선생님도 맥덜을 칭찬해 주셨어요. "와~! 맥덜은 글씨를 아주 또박또박 잘 쓰는구나."

그날 밤, 맥덜은 책상 위에서 달빛을 받아 더욱 멋져 보이는 새 지우개를 발견하고는 방긋 웃었어요. 어느샌가 엄마가 놓고 가셨나 봐요. 새하얗고 과일 향이 은은히 퍼지는, 세상에서 가장 완벽하고 아름다운 지우개를 손에 든 맥덜은 방긋 웃었어요.

그렇지만 맥덜은 앞으로도 글씨를 단 한 글자도 틀리게 쓰고 싶지 않았어요. 왜냐하면 새하얗고 완벽한 새 지우개를 더럽히지 않고 그대로 가지고 있고 싶거든요.

꿈의 섬, 몰디브

몰디브! 이름만큼이나 정말 아름다운 섬일 것 같아요. "맥덜! 엄마가 돈 많이 벌면 나중에 몰디브에 꼭 데리고 갈게." 맥덜의 엄마 맥빙 여사는 평소에 농담처럼 이런 말을 자주 했어요.

그러던 어느 날, 갑자기 맥덜이 많이 아팠어요. 맥덜이 이번처럼 심하게 아픈 것은 처음이었죠. 머리가 어지럽고, 속도 매스꺼워서 눈물까지 났으니까요. "맥덜! 울지 마. 다 나으면 엄마가 몰디브에 데리고 갈게." 앓고 있는 맥덜이 불쌍했던 맥빙 여사는 이렇게 말하며 달랬어요. "엄마! 아픈 거 나으면 꼭 몰디브에 데리고 가셔야 해요?" 맥덜은 엄마와 새끼손가락을 걸며 약속을 했어요. 꿈의 섬, 몰디브! 맥덜은 정말 몰디브에 갈 수 있을까요?

정말 큰일이에요. 맥빙 여사가 부자가 되기 전에 맥덜의 병이 다 나았거든요. "엄마! 몰디브는 언제 가요?" 신이 난 맥덜이 엄마에게 보채듯 말했어요. 하지만 맥덜의 집은 부자가 아니었어요. 그렇다고 맥빙 여사에게 어디선가 큰돈이 갑자기 생길 일도 없었지요. 그러니 무슨 돈으로 몰디브에 여행을 갈 수 있겠어요? 그래도 맥빙 여사는 맥덜을 데리고 몰디브에 가겠다고 이미 철석같이 약속을 해버렸는데, 어쩌죠?

⚜

맥빙 여사는 아들과의 약속을 꼭 지키고 싶었어요. 엄마로서 거짓말을 할 수는 없으니까요.

"맥덜! 내일 몰디브로 떠나자!"

그런데 엄마는 맥덜을 데리고 몰디브가 아닌 남산에 있는 케이블카를 태워 주기로 마음먹었어요. 사실 맥덜은 한 번도 외국에 나가 보지 못했을 뿐만 아니라 우리나라의 유명 관광지조차 가 보지 못해서 엄마가 살짝 속인 거죠.

다음 날, 맥덜은 배낭을 메고 엄마와 함께 케이블카에 올라탔어요. 케이블카를 처음 탄 맥덜은 몰디브로 가는 비행기가 특별하게 생겼다고 생각했지요.

잠시 후, 케이블카가 산꼭대기를 향해 천천히 올라가자 맥덜은 가슴이 두근두근했어요. "와~! 하늘에 닿으려고 해요. 비행기를 타니까 진짜 재밌어요." 엄마는 맥덜에게 빵과 우유를 꺼내 줬어요. 에구머니! 케이블카가 덜그럭거리며 움직여서 간식을 먹기가 참 힘드네요. 그래도 맥덜은 간식을 맛있게 먹었답니다.

드디어 몰디브에 도착했어요. 아름다운 풍경과 신선한 공기가 맥덜의 기분을 새롭게 하네요.

몰디브에는 외국 사람들이 굉장히 많았어요. 우리나라 사람들도 있었지만 금발 머리에 파란 눈을 가진 서양 사람들이 더 많았죠. "하우…, 두 유 두?" 맥덜은 용기를 내어 외국 꼬마 아이에게 인사를 건넸어요. "안녕!" 우아! 그 꼬마 아이가 우리나라 말로 인사를 하지 뭐예요? 맥덜은 정말 기뻤어요.

"맥덜! 이리 와 보렴. 이게 바로 몰디브의 유명한 기념품이란다." 맥빙 여사는 탑이 그려진 엽서를 가리키며 말했어요.

맥덜은 그곳에서 열심히 안내를 하고 있는 우리나라 사람도 만났지요. "우리나라 사람들은 세계 여러 나라에서 살고 있단다." 맥빙 여사가 맥덜에게 설명해 줬어요. 맥빙 여사와 맥덜은 서울 시내가 훤히 내려다보이는 곳에서 사진을 찍었어요. 안타깝게도 맥덜은 키가 작아서 멋진 풍경을 자유롭게 감상할 수는 없었답니다.

엄마는 맥덜을 데리고 레스토랑에 갔어요. 특별히 맥덜이 좋아하는 돈가스를 시켰지요. "우아~! 몰디브에도 돈가스가 있네요?" 맥덜은 신기한 듯 물었어요. "엄마! 이렇게 맛있는 돈가스는 처음이에요. 우리나라에서 먹던 것보다 훨씬 맛있는걸요?" 맥덜은 엄지손가락을 척 내밀며 말했어요. 쫄깃한 돼지고기와 바삭한 튀김옷 그리고 달콤한 소스가 어우러진 환상의 맛이었지요. "정말 맛있구나." 엄마도 맥덜의 말에 맞장구를 쳤어요.

식사를 마친 맥빙 여사와 맥덜은 남산을 한 바퀴 둘러봤어요. 맥빙 여사도 오랜만에 남산에 오니 옛 생각이 떠올랐답니다. 온통 노을에 붉게 물든 남산의 모습은 무척이나 아름다웠지요. 에휴! 이곳이 진짜 몰디브가 아니란 사실이 참 아쉽네요.

하지만 진짜 몰디브가 아니면 뭐 어때요? 맥덜이 이렇게 즐거워하는데 말이에요. "저녁 비행기로 집에 돌아가자." 맥빙 여사는 맥덜의 손을 잡고 케이블카를 탔지요.

몰디브에서 돌아온 맥덜은 목욕을 하면서도 신이 나서 계속 얘기했지요. 오늘 하루 행복했던 시간이 무척 소중했어요.

몰디브로 여행을 다녀와서일까요? 몸을 깨끗이 씻고 침대에 누운 맥덜은 금세 깊은 잠에 들었답니다. 맥덜은 아마 꿈속에서도 몰디브에서 있었던 즐거운 일들을 생각할지 몰라요. 맥빙 여사도 행복하게 잠이 든 맥덜을 보며 흐뭇한 미소를 지었죠. 맥빙 여사도 좀 피곤했지만 맥덜과의 약속을 지킬 수 있어서 기쁜 하루였어요. 그리고 맥덜이 나중에 어른이 되면 그때는 진실을 말해 줄 거라고 결심했죠. "그날 우리는 몰디브에 간 게 아니라 남산에 간 거란다."라고 말이죠. 그때쯤이면 맥덜도 그럴 수밖에 없었던 엄마의 마음을 이해해 주겠죠?

⚜

샤워를 마친 맥빙 여사는 맥덜의 알림장을 펼쳐 봤어요.
'4월 초에 소풍을 감, 장소 – 남산'
맙소사! 왜 하필 남산이죠? 비밀이 금방 들통 나게 생겼지 뭐예요. 당황한 맥빙 여사는 소파에 앉아 심각한 표정으로 고민을 하기 시작했어요. 그렇다고 누구한테 화가 난 건 아니에요. 단지 맥덜의 아름다운 추억이 깨질 것이 속상했을 뿐이었죠.

그렇지만 맥빙 여사가 고민한다고 해서 또 달라지는 것도 없었어요. '하는 수 없지, 뭐. 소풍을 가기 전에 진짜 몰디브에 가 볼까?' 맥빙 여사는 웃으며 생각했어요. 신선한 공기, 맑은 바다, 야자수가 멋진 꿈의 섬, 몰디브!

"앗! 그나저나 몰디브는 대체 어디에 있는 섬이지?"

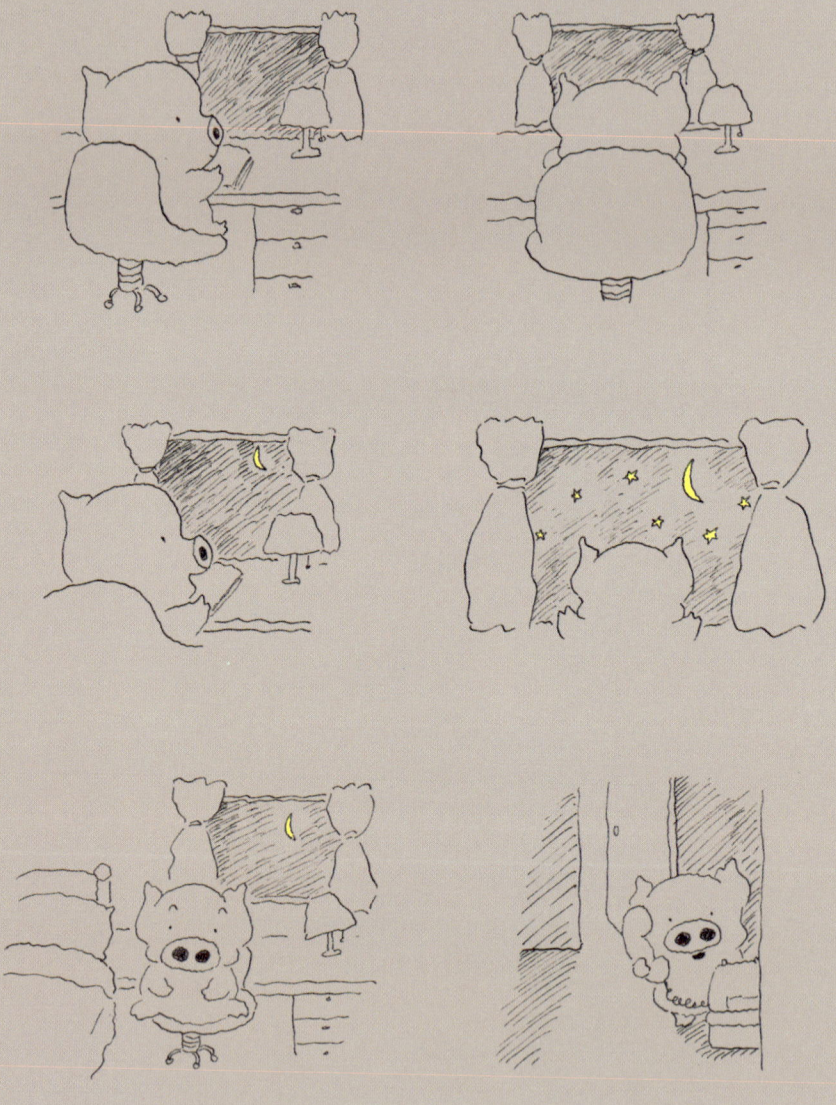

그믐달을 바라보며

여름 방학을 한 지 벌써 3주가 지났는데도 맥먹은 아직 보람 있는 일을 하지 못해서 걱정이었죠. 보람 있는 일을 하는 것이 방학 숙제이거든요. 맥먹은 오늘 밤에는 꼭 보람 있는 일을 하기로 결심했지요. 그런데 어떤 일을 하는 게 좋을까요?

바로 그때 창밖으로 그믐달이 보였어요. '아이 불쌍해. 달이 너무 말랐다.' 하지만 그믐달이 뭉게구름 사이로 지나가는 모습을 보고는 금세 감탄했지요. "우아~! 멋있다." 밤하늘에는 별들도 초롱초롱 빛나고 있었어요. 아참! 이렇게 밤하늘만 구경하고 있을 시간이 없어요. 보람 있는 일을 생각해 내야 하니까요. 아하! 맥덜에게 물어보면 되겠군요.

"어머, 맥먹! 맥덜은 이미 네 시간 전에 잠들었는걸." 맥빙 여사가 전화를 받으셨죠.

잠자는 것도 보람 있는 일이라고 할 수 있을까요? 화장실에 자주 가는 것은 아무래도 보람 있는 일이 아니겠죠?

오늘 밤 하늘에 뜬 달은 유난히 말랐네요. 그믐달은 꼭 알파벳 C처럼 생겼어요. 창밖을 보니 자동차 불빛과 가로등, 그리고 건물 안의 불빛이 캄캄한 밤을 환하게 비추고 있었지요. 앗! 어둠을 밝히는 것은 보람 있는 일이지 않을까요?

갑자기 나방 한 마리가 맥먹 앞을 휙 날아갔어요. "앗, 깜짝이야." 화들짝 놀란 맥먹은 뒷걸음질을 쳤어요. 예전에 맥덜이 해 줬던 이야기가 생각났거든요. "나방은 죽은 친척의 영혼이래."

'배고픈데 뭐 좀 먹을까?' 맥먹은 냉장고 문을 열고 행복한 고민을 했지요. 카레가 보이는군요. 하지만 카레는 엄마가 내일 아침에 먹으려고 준비해 둔 거라 지금 먹으면 안 되지요.

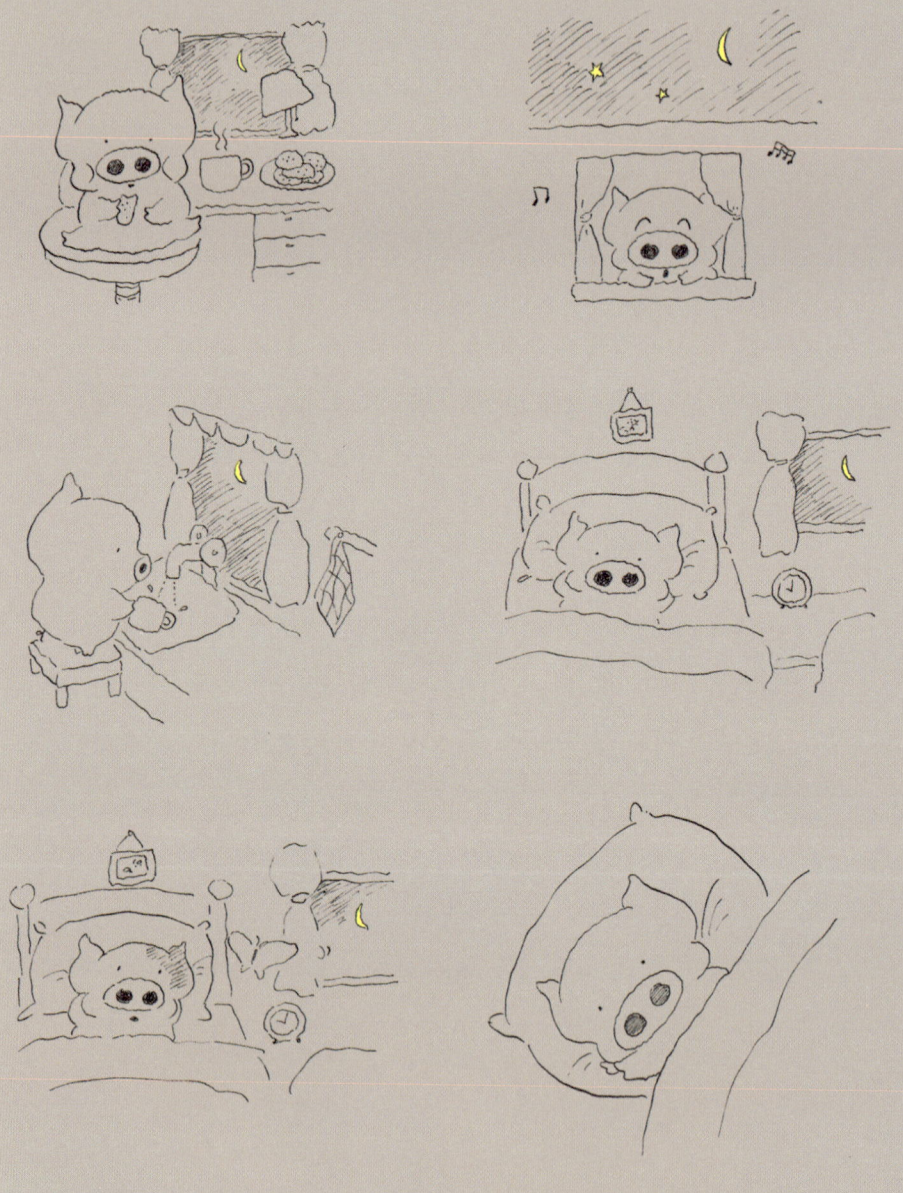

맥먹은 아침에 먹다 남은 과자와 따끈한 코코아 한 잔을 마셨어요. 물론 보람 있는 일이 무엇일까 곰곰이 생각하면서 말이죠. 과자는 카레만큼 맛있지는 않았지만 입안에서 바삭바삭 부서지는 느낌이 참 좋았어요.

오늘 밤은 특별히 더 아름다운 것 같네요. 맥먹은 유치원 노래를 부르며 컵을 씻었어요. '설거지도 보람 있는 일일까?' 어? 이상해요. 갑자기 컵 씻는 일이 즐거우니 말이에요. "아~! 도대체 보람 있는 일은 뭘까?"

"파드득!" 나방이 또다시 맥먹의 앞을 지나갔어요. '혹시 지난달에 돌아가신 이모할머니가 아닐까?' 갑자기 이런 생각이 맥먹의 머리를 스치고 지나갔죠. "이모할머니께서 날 예뻐하셨는데……. 이모할머니가 보고 싶다." 맥먹은 이모할머니가 그리워서 눈물이 날 것만 같았어요. 그래서 눈을 감고 이모할머니의 얼굴을 떠올려 보았죠.

맙소사! 맥먹이 눈을 떠 보니 다음 날 아침이지 뭐예요. 어? 오늘 태양은 유달리 통통하게 살이 올랐네요.

"이런, 멍청이!" 맥먹은 자신의 머리를 한 대 쥐어박으며 한숨을 푹 내쉬었어요. 어젯밤 보람 있는 일을 하지 못해서 무척 속상했거든요. 하지만 그것도 잠시뿐, 맥먹은 기지개를 쭉 펴고는 쏜살같이 냉장고로 달려갔어요.

"야호! 맛있는 카레를 먹어야겠다."

맥먹의 완벽한 하루

오늘은 휴일인데 아빠는 출근을 하시고, 다다하고 웬웬은 외할머니 댁에 놀러 갔어요. 그런데 엄마가 좋은 생각을 말씀하셨어요. "맥먹! 심심한데 우리도 배 타고 섬에 놀러 갈까?"

⚜

에구머니! 부두에 도착했는데 갑자기 소나기가 내리지 뭐예요. "비가 오니까 섬 대신 이 근처 찻집에나 갈까?" 엄마가 말했어요.

그런데 찻집은 사람들로 북적였어요. "맥먹! 여기는 사람이 너무 많으니까 빵집에 가자꾸나." 엄마는 계획을 바꾸셨지요.

빵집에 도착한 우리는 따뜻한 코코아와 푸딩을 주문했어요. 하지만 따뜻한 코코아는 메뉴에 없었어요. "맥먹, 그럼 밀크티를 먹어 볼래? 맛있으니까 분명히 네 입맛에도 맞을 거야." 엄마의 말에 나는 얼른 고개를 끄덕였어요. "좋아요!"

밀크티는 도대체 어떤 맛일까요? 난 설레는 마음으로 밀크티를 마셨어요. 우아~! 정말 부드럽고 달콤한 맛이에요. 밀크티와 토스트가(푸딩도 없다고 해서 토스트를 주문했어요) 한데 어우러지며 입안에 달콤함이 가득 퍼졌지요.

잠시 후 밖으로 나오니 다행히 비가 그쳤어요. "지금 섬에 가기에는 조금 늦은 시간이구나. 대신 해변에서 수영을 하는 게 어떨까?" 엄마의 말에 나는 그것도 좋다고 대답했어요.

맙소사! 이를 어쩌면 좋죠? 해변에 도착했는데 비가 와서 물이 지저분해지는 바람에 수영을 할 수 없게 됐지 뭐예요. "에고~, 어쩔 수 없구나. 모래 놀이나 하자꾸나." 엄마는 금방 재미있는 놀이를 생각해 내셨어요. 우리는 모래로 맛있게 생긴 토스트를 만들었어요. "호호호! 토스트가 아니라 아빠 속옷같이 생겼구나." 엄마는 웃음을 터트리셨죠. 나도 깔깔거리고 웃었어요.

"맥먹! 배고프지 않니? 시내까지 걸어가서 불고기를 사 먹을까?" 엄마가 물었어요. 엄마와 나는 파도치는 바다를 보며 둑을 따라 걸었어요. 이 둑을 따라 쭉 걷다 보면 시내에 도착할 수 있거든요. 시원한 바닷바람을 맞으며 걸으니 참 행복했지요.

엄마가 갑자기 노래를 불렀어요. 엄마의 흥겨운 노랫소리는 보통 때 말하는 목소리와 다르네요. 나는 노래가 끝날 때까지 엄마의 입을 뚫어져라 쳐다보다가 물었어요. "엄마! 노래 제목이 뭐예요?" "'진주조개 잡이'라는 노래야." 엄마가 대답했지요. 엄마에게 더 불러 달라고 졸랐지만 아쉽게도 벌써 시내에 도착해서 더 이상 들을 수가 없었답니다.

이런! 큰일이에요. 글쎄 우리가 도착한 곳은 시내가 아니라 수상 스키를 타는 곳이었어요. 우리는 반대 방향으로 걸었던 거예요. 이곳은 불고기는커녕 먹을 것을 하나도 팔지 않았죠. "맥먹! 어차피 이렇게 된 거 여기도 구경하고 가자. 많이 걸어서 다리가 아프니까 택시를 타고 가자." 엄마가 말했어요. "자, 출발!"

엄마는 무척 신이 난 것 같았어요. 우리는 우선 해변 근처의 수녀원에 찾아갔어요. 엄마가 그러는데 이곳 수녀님들이 만드시는 벌꿀 사탕은 전 세계에서 가장 맛있는 사탕이래요.

하지만 미사 때문에 수녀원의 문이 굳게 닫혀 있지 뭐예요. 어휴~! 너무 속상해요. 세상에서 가장 맛있는 사탕을 먹어 볼 수 있는 기회를 놓쳤으니까요.

노을이 지자 활기차던 관광지는 고요하고 평화로운 항구로 변했지요. 엄마와 나는 근처에 있는 멋진 레스토랑에 가서 스프와 통닭, 그리고 디저트로 오렌지 케이크를 주문했지요.

진짜 훌륭한 저녁식사였어요. 창밖 너머로 철썩철썩 파도 소리가 들렸고, 잘 구워진 통닭은 나를 행복하게 했지요.

⚜

난 엄마와 행복한 하루를 보내고 집에 돌아왔어요. 행복한 하루를 보내서일까요? 내 몸은 마치 부드러운 오렌지 케이크 같았답니다. 나는 이 행복을 가슴에 품은 채 침대에 누웠어요. "맥먹! 잘 자라." 엄마는 내 머리를 쓰다듬어 주시고는 거실로 나가셨어요.

하지만 난 오늘 있었던 일들이 다시 떠올라서 쉽게 잠이 오지 않았어요. 밀크티와 토스트, 엄마의 노랫소리, 노을, 맛있는 통닭, 그리고 아쉽게 맛볼 수 없었던 벌꿀 사탕까지……. 이 모든 것은 오늘 하루 내게 소중한 추억을 만들어 주었지요. 비록 섬에는 못 갔지만 정말 완벽한 하루였답니다.

맥먹의 또 다른 완벽한 하루

오늘은 휴일인데 아빠는 출근을 하시고, 다다하고 웬웬은 외할머니 댁에 놀러 갔어요. 그런데 엄마가 좋은 생각을 말씀하셨어요. "맥먹! 심심한데 우리도 배 타고 섬에 놀러 갈까?"

에구머니! 부두에 도착했는데 갑자기 소나기가 내리지 뭐예요. 하지만 엄마는 그냥 계획대로 섬에 가자고 했어요. "아마 섬에 도착하면 날씨가 좋아질 거야. 자, 출발!"

엄마와 나는 배에 올라탔어요. "맥먹! 우리 컵라면 사 먹을까? 배 안에서 먹는 컵라면 맛은 정말 특별할 거야." 엄마는 이렇게 말하고 나서 컵라면을 사 주셨답니다. 엄마는 컵라면과 함께 따뜻한 코코아 한 잔도 들고 오셨어요. 와우! 비 오는 날에 따끈한 코코아를 마시니 정말 행복하네요.

엄마 말이 맞았어요. 섬에 도착하니까 다행히 날씨가 맑게 개였죠. 그런데 휴일이라 그런지 섬은 관광객들로 붐볐어요.

우리는 관광객들과 함께 섬 구경을 했어요. "저기는 이 섬에서 굉장히 유명한 식당이란다." 엄마가 한 식당을 가리켰어요.

하지만 어찌된 일인지 오늘따라 식당은 장사를 하지 않았지요. "여기서 파는 순두부는 우리나라에서 제일 맛있단다. 아쉽지만 다음에 순두부 맛을 봐야겠구나." 엄마는 서운한 듯 말했어요.

엄마와 나는 채소밭을 지나갔어요. 밭에는 탐스럽게 익은 붉은 토마토와 잎이 무성한 무 그리고 우스꽝스럽게 생긴 허수아비도 있었죠. "조금만 더 걸어가면 해변이 나오니까 그곳에서 수영을 하자꾸나." 엄마의 말에 나는 기분이 들떴어요.

우리는 걷고 또 걸었지요. 그런데 왜 해변이 나오지 않는 걸까요? 이를 어쩌죠? 우리는 해변과 반대 방향으로 걷고 있었지 뭐예요. 하지만 비가 온 후라서 날씨는 무척 맑고 깨끗했어요. 살살 불어오는 바닷바람에 기분이 무척 상쾌해졌답니다.

엄마가 갑자기 노래를 불렀어요. "엄마! 노래가 너무 멋져요. 아름다운 바닷가가 저절로 떠올라요. 노래 제목이 뭐예요?" "'진주조개 잡이'라는 노래야." 엄마가 대답했죠.

드디어 은빛 모래사장이 끝없이 펼쳐진 멋진 해변에 도착했어요. "야호~~!" 나는 얼른 수영복으로 갈아입고 바다로 첨벙첨벙 뛰어들어 갔지요. 튜브에 몸을 싣고 둥실둥실 바다에 떠 있는 느낌은 정말 좋았어요. 나는 파도에 몸을 맡기고 신나게 발장구를 치며 즐겁게 놀았지요. 어? 갑자기 빗방울이 똑똑똑 내 몸에 떨어졌지요. "깔깔깔! 축축한 게 아침마다 아빠가 뽀뽀해 주시는 거 같아요." 내 말에 엄마가 웃음을 터트리셨어요.

아이스크림을 파는 아저씨가 그러시는데 이곳은 원래 엄마와 내가 가려고 했던 해변보다 훨씬 더 아름다운 곳이래요. 와우! 노을이 지는 이곳의 풍경은 말로 표현할 수 없을 만큼 아름다워요. 저 멀리 있는 발전소에 불이 켜졌고, 고요한 바다 위에는 배 몇 척이 떠다니고 있었죠. 마치 꿈처럼 아름다워요.

해변 한쪽에는 바비큐를 할 수 있는 장소가 마련돼 있었어요. 사람들은 숯불 주위에 옹기종기 둘러앉아 고기를 굽고 있었죠. "아이고~, 배고파! 나도 바비큐 먹고 싶다." 나는 익살스레 웃으며 배를 움켜잡는 시늉을 했어요. "맥먹! 우리는 바비큐를 해 먹을 고기가 없는데 어쩌지?" 엄마가 난처한 듯 말했어요.

잠시 후, 엄마는 나를 멋진 레스토랑에 데리고 갔어요. 우리는 바다 풍경이 한눈에 보이는 좋은 자리에 앉았어요. 밤이 깊어 가는 바다에는 환하게 불을 밝힌 고기잡이배가 떠 있었죠.

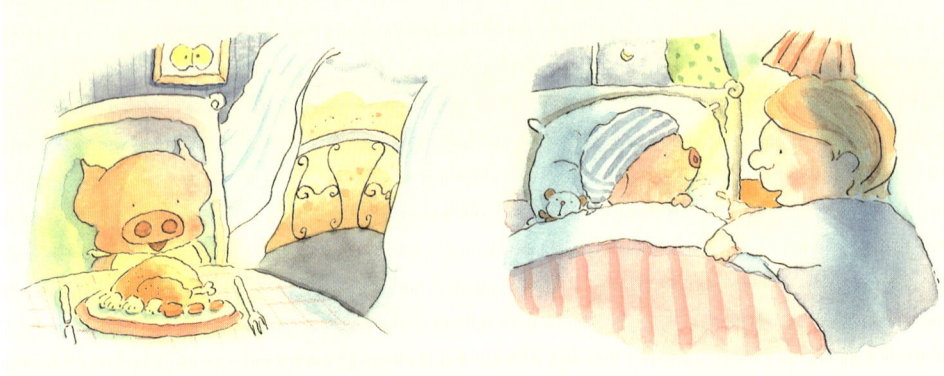

정말 즐거운 저녁식사였어요. 엄마는 스프와 통닭을 주문하셨죠. 잘 구워진 통닭 냄새가 레스토랑 안에 가득 퍼졌고, 디저트로 주문한 오렌지 케이크는 입안에서 사르르 녹았답니다.

⚜

집에 돌아와서 깨끗이 샤워를 했지만 몸에서 계속 바다 냄새가 나는 것 같았어요.

침대에 누웠지만 오늘 있었던 일들이 다시 떠올라서 쉽게 잠이 오지 않았어요. 따뜻한 코코아 한 잔, 소나기, 노을이 지는 해변, 엄마의 노래, 상쾌한 바닷바람, 배 안에서 먹었던 컵라면, 그리고 아쉽게도 먹지 못했던 우리나라에서 가장 맛있는 순두부까지……. 이 모든 것은 오늘 하루 내게 소중한 추억을 만들어 주었지요. 정말 완벽한 하루였답니다.

그거 네 거니?

맥덜은 바닷가에 버려진 깡통을 주워 쓰레기통에 넣었어요. 그 모습을 지켜보던 맥먹이 물었지요. "그 깡통 네 거니?" 그러자 맥덜은 고개를 저으며 대답했어요. "아니!"

잠시 후, 공원을 지나가던 맥덜은 줄기가 구부러진 꽃을 똑바로 세워 주었어요. "맥덜! 그 꽃이 네 거니?" 맥먹이 다시 물었어요. "아니!" 맥덜이 아까처럼 대답했지요.

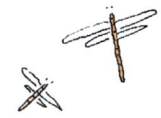

집에 돌아온 맥덜은 방 안에 갇혀 있던 잠자리가 바깥으로 날아갈 수 있게 창문을 활짝 열어 줬어요. "그 잠자리 네 거니?" 맥먹이 또다시 물었지요. "아니!" 맥덜의 대답은 똑같았어요.

❖

맥덜은 계속 착한 일을 했어요. 물이 똑똑 떨어지는 수도꼭지를 꼭 잠그거나, 아기가 떨어뜨린 고무젖꼭지도 주워 줬답니다. 그뿐만이 아니에요. 먹다 남은 빵 부스러기를 모아 공원에 있는 비둘기들에게 나눠 주었지요. 아참! 길에 떨어진 양말 한 짝도 주워서 분실물 센터에 맡겼어요.

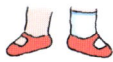

그러던 어느 날, 갑자기 소나기가 내렸어요. 맥덜은 길 잃은 달팽이를 보고는 조심스럽게 나무 위로 올려 주었지요. "맥덜! 그 달팽이는 네 거니?" 맥먹이 물었어요.

그런데 그때 그만 꽈당! "아얏!" 맥덜이 미끄러져 넘어졌지 뭐예요. "맥덜, 다친 곳은 없니?" 화들짝 놀란 맥먹이 재빨리 다가갔어요. 이런! 맥덜의 무릎에 상처가 나 버렸네요.

 맥먹은 밴드를 꺼내 맥덜의 상처 난 무릎에 붙여 주었어요. "이 무릎이 네 거니?" 이번에는 맥덜이 맥먹에게 물었어요. "아니! 그야 당연히 맥덜 네 거지!" 맥먹이 큰 소리로 대답했지요.

맥먹은 맥덜을 부축하며 집으로 가다가 잠깐 생각에 잠겼어요. '어? 그리고 보니 맥덜이 도와준 꽃, 잠자리, 달팽이 모두 맥덜의 것이 아니었네? 그렇다면 그건 지금 내가 무릎을 다친 맥덜을 돕고 있는 거랑 같은 건가? 아하, 그렇구나! 착한 일은 무엇을 진심으로 생각하는 마음이 있어야 할 수 있는 거구나.'

맥먹은 절뚝거리는 맥덜을 부축하면서 계속 걸었어요. 사이좋은 두 친구는 살랑살랑 불어오는 봄바람을 맞으며, 공원에 핀 꽃과 자유롭게 하늘을 나는 잠자리, 그리고 나무에서 편히 쉬고 있는 달팽이를 보면서 행복했답니다.

 # 유행이 지난 다마고치

다마고치. 참 이상한 이름이죠? 다마고치는 달걀 모양의 기계 안에서 사는 병아리예요. 신기한 것은 다마고치가 밥도 먹고, 물도 마시고, 화장실도 간다는 거지요. 게다가 다마고치랑 놀 수도 있죠. 참! 다마고치가 잠을 잘 때는 꼭 불을 꺼 줘야 해요. 그리고 비가 오면 우산도 씌워 줘야 하죠.

다마고치를 갖고 싶어 하는 맥덜에게 맥빙 여사는 이렇게 말했어요. "손바닥만 한 물건이 왜 그렇게 비싸! 그 돈이면 통닭을 다섯 마리나 사 먹을 수 있어!" 그러자 맥덜이 발을 동동 구르며 말했어요. "엄마! 통닭은 안 먹어도 좋으니까 제발 다마고치 좀 사 주세요. 친구들은 다 있는데 나만 없단 말이에요. 누구의 다마고치가 제일 오래 사는지 내기하고 싶다고요." 하지만 맥빙 여사는 맥덜을 놀리듯 말했어요. "뭐? 통닭을 안 먹겠다고? 그럼 오늘 저녁은 비싼 통닭 대신 천 원짜리 고등어를 먹어도 되겠구나." 맥빙 여사가 다마고치를 사 줄 생각이 전혀 없자 맥덜은 몹시 실망했답니다.

그러던 어느 날, 드디어 맥덜이 다마고치를 살 수 있게 되었어요. 다마고치가 유행이 지나서 값이 많이 내려갔거든요. 요즘 다마고치의 가격이 5천 원 정도니까, 맥덜 혼자서도 충분히 살 수 있었죠. 그래도 맥빙 여사에게는 비밀로 하는 게 좋겠어요. 어쩌면 5천 원으로 고등어조림을 해 주신다고 할지도 모르니까요. 맥덜은 그동안 모아두었던 4천 원과 다음 주 용돈을 미리 받아서 드디어 다마고치를 샀답니다.

⚜

맙소사! 오늘 저녁 반찬은 고등어조림이에요. 만약 맥덜이 다마고치를 사 달라고 졸랐으면 엄마는 그 돈으로 고등어조림을 해 주셨을 거예요. 엄마 몰래 다마고치를 사기를 잘한 것 같아요.

저녁식사를 마친 맥덜은 살금살금 방으로 들어가서 잽싸게 다마고치를 이불 속에 숨겼어요.

드디어 다마고치를 키우기 시작한 맥덜은 감격해서 눈물을 흘릴 뻔했어요. 마치 진짜 아빠가 된 기분이었죠. "얘들아! 나도 이제 다마고치를 키우게 됐어." 맥덜은 자랑스럽게 말했어요.

하지만 다마고치 키우기는 유행이 다 지나서인지 친구들의 반응은 시큰둥했어요. 몇몇 친구들은 맥덜에게 다마고치 키우는 법을 가르쳐 주기도 했지만 다마고치를 가지고 놀지는 않았답니다.

그래도 맥덜은 다마고치를 소중하게 키웠어요. 알람이 울리면 재빨리 밥을 주고 물도 마시게 했지요. 하지만 다마고치는 유행이 이미 지나버려서 맥덜의 모습은 조금 촌스러워 보였어요.

그래서 이제 맥덜은 혼자서 조용히 다마고치를 키웠지요. 처음 다마고치를 사고서 기뻐하며 친구들에게 자랑하던 맥덜의 모습은 전혀 찾아볼 수 없었답니다.

가엾은 맥덜! 이젠 맥덜에게 관심을 보이는 친구가 하나도 없군요. 심지어 놀리는 친구조차 없었지요. 아무도 맥덜의 기쁨과 슬픔을 함께 해 주지 않았어요. 사실 친구들을 원망할 수도 없었어요. 맥덜이 다마고치를 너무 늦게 산 거니까요. 하지만 맥덜은 신경쓰지 않고, 정성스럽게 다마고치를 키웠답니다.

어머나! 그만 맥덜이 아끼던 다마고치가 99살 때 죽고 말았어요. 사실 친구들 중에 아무도 다마고치를 99살까지 키우지는 못했지요(모두 30살까지도 못 키웠답니다). 그러니까 맥덜은 정말 대단한 거예요! 하지만 맥덜은 그것을 자랑하지 않았어요. 다마고치가 죽은 게 무척 슬펐거든요.

맥덜은 이 사실을 친구들에게 말하지 않았죠(친구들은 맥덜이 다마고치를 키우는 것에 전혀 관심이 없었거든요). 물론 엄마에게도 말하지 않았어요(엄마는 아예 맥덜이 다마고치를 샀다는 것도 모르고 계시니까요). 맥덜은 그저 혼자서 슬퍼할 수밖에 없었답니다.

슬픔에 잠긴 맥덜은 침대에 엎드려서 펑펑 눈물을 쏟았어요. 잠시 후, 맥덜은 혼자서 다마고치의 장례식을 치렀지요. "내가 널 너무 늦게 만났어. 잘 가, 다마고치! 사랑해!"

일주일 후, 맥덜은 여전히 우울해하고 있었어요. 다마고치가 이 세상에 없다는 사실이 너무 슬펐으니까요. 어? 그런데 맥빙 여사는 뭐가 저리도 신나는 걸까요? "맥덜! 네가 깜짝 놀랄만한 선물을 줄게. 자! 받아." 맥빙 여사는 환한 미소를 지으며 맥덜에게 선물을 건넸어요. 잔뜩 기대에 부푼 맥덜이 포장지를 뜯었어요. 맙소사! 글쎄 다마고치지 뭐예요.

"네가 요 며칠 계속 우울해하는 거 같아서 엄마가 큰맘 먹고 산 거야. 잘 키워 보렴." 맥빙 여사가 말했어요.

맥덜에게 너무 늦게 찾아온 다마고치! 오래전에 유행도 지나 버려 친구들은 더 이상 가지고 놀지도 않는 다마고치가 맥덜이 키워 주기만을 애타게 기다리고 있었지요.

맥덜은 조심스레 전원을 켰어요. 다마고치가 알에서 깨어났지요. 맥덜의 입가에는 이내 웃음꽃이 피었답니다.

새로운 생명이 다시 시작되었네요.

 행복을 찾은 병아리들

"원장선생님! 병아리를 키우는 것이 어떨까요? 아이들에게 탄생의 신비와 생명의 소중함을 가르쳐 줄 수 있을 거예요." 링링 선생님의 말대로 유치원에서 병아리를 키우게 됐고, 아이들은 무럭무럭 자라는 병아리들을 보며 무척 즐거워했지요.

⚜

그러던 어느 날, 부쩍 커 버린 병아리들을 더 이상 교실에서 키울 수 없게 되자 링링 선생님은 병아리들을 내보내기로 결정하셨어요. "으앙~! 제발 병아리를 죽이지 마세요." 교실은 울음바다가 되었지요. "얘들아, 병아리를 죽이려는 게 아니란다. 행복하게 살 수 있는 곳으로 보내는 거야. 그러니까 병아리에게 나는 법을 가르쳐 주렴." 링링 선생님이 아이들을 달랬어요.

그런데 병아리들이 행복하게 살 수 있는 곳은 어디일까요? "그래, 조류보호구역에 풀어 주는 게 좋겠구나. 병아리도 그곳에서 행복하게 지낼 거야."

다시 웃음을 되찾은 아이들은 병아리 앞에 옹기종기 모여서 두 팔을 펼쳐 날갯짓을 흉내 내기 시작했어요. 병아리에게 하늘을 나는 법을 가르쳐 주려는 거였지요. 어? 참 신기해요. 병아리들이 아이들의 동작을 따라 날개를 퍼덕이기 시작했어요! "와~! 병아리가 금세 나는 법을 배우네. 조금만 있으면 하늘을 날 수 있겠구나." 선생님의 말에 아이들의 눈이 반짝였지요.

수업을 마친 후 링링 선생님이 말했어요. "자! 이제 병아리랑 작별 인사를 하렴!" 그러자 아이들이 우르르 몰려와 병아리들에게 작별 인사를 했지요. "병아리야, 잘 가! 하늘을 멋지게 날아다니렴. 건강해야 해!" 아이들은 병아리랑 헤어지는 게 무척 아쉬웠지만 병아리가 행복하게 살 수 있다는 생각에 기뻤답니다. 맥먹은 특별히 병아리 모이를 선생님에게 건넸어요. 병아리들이 낯선 곳에서 먹이를 찾지 못할까 걱정이 됐거든요. 링링 선생님은 병아리를 데리고 급하게 엘리베이터를 탔어요.

'휴~! 그나저나 병아리들을 어떻게 하지?' 유치원 밖으로 나온 선생님은 고민을 했지요. 사실 링링 선생님은 병아리들을 정말 조류보호구역에 풀어 주려고 했던 것은 아니었어요. 선생님은 아이들이 상처를 받을까 봐 병아리가 하늘을 날 수 있다고 이야기를 꾸며 낸 거였지요.

링링 선생님은 병아리들을 쓰레기더미 한쪽에 살며시 놓고는 뒤도 돌아보지 않고 후다닥 뛰었어요.

하지만 마음이 약해진 선생님은 살짝 뒤를 돌아 병아리를 쳐다봤어요. 에구머니! 고양이만 한 쥐가 맛있는 먹이를 발견했다는 듯 입맛을 다시며 병아리를 노리고 있지 뭐예요.

깜짝 놀란 링링 선생님은 잽싸게 병아리들이 든 상자를 다시 집어 들었어요. 병아리들이 죽을 게 뻔한데 그냥 내버려둘 수는 없었으니까요. 그럼 이제 병아리를 어디로 데려가야 할까요?

선생님은 동물보호협회에 전화를 걸었어요. "여보세요? 병아리들을 더 이상 키울 수 없어서 그러는데 어떡하죠?" 하지만 그곳에서는 축산협회에 전화해 보라고 말해 줄 뿐이었어요.

하지만 축산협회에서도 병아리들을 맡아 줄 수는 없다지 뭐예요. 이제 어떡하면 좋을까요?

⚜

예전에 링링 선생님은 아이들이 기르다 버린 병아리들을 이산화탄소로 질식시켜 죽인다는 얘기를 들은 적이 있었죠. 이산화탄소에 질식되면 어떻게 되는지 정확히 알 수 없었지만 분명 아주 불쌍한 모습이겠죠? 선생님은 혹시라도 병아리들이 고통스럽게 죽게 될까 봐 마음이 편치 않았어요. 하지만 아무것도 모르는 병아리들은 계속 삐악삐악거릴 뿐이에요.

링링 선생님은 병아리들이 든 상자를 들고서 무작정 버스에 올라탔어요. 어디로 가야 할지 몰랐지만 되도록 유치원에서 멀리 떨어진 곳으로 갔지요.

어쩌면 링링 선생님은 버스 안에서 병아리들과 시간을 좀 더 보내고 싶었는지도 몰라요. 병아리들이 조금이라도 오래 살 수 있게 말이주.

⚜

얼마 후, 버스가 종점에 도착했어요. 링링 선생님은 상자를 들고 조심스레 버스에서 내렸어요. 어? 여기가 도대체 어딜까요? 낯선 곳에 내리자 두 눈이 휘둥그레진 선생님은 잠시 고민에 빠졌지요. '여기에 병아리들을 풀어 줘도 될까?'

링링 선생님이 병아리들을 풀어 주려는 순간! "꼬꼬댁! 꼬꼬꼬꼬." 어디선가 닭들의 비명 소리가 들리지 뭐예요. 근처 양계장에서 닭들을 잡고 있었죠. 화들짝 놀란 링링 선생님은 병아리 상자를 안고서 얼른 도망쳤어요.

⚜

어느새 날이 어둑어둑해졌군요. 선생님은 여전히 알 수 없는 곳에 있었죠. 이제 링링 선생님은 몹시 힘들고, 배도 고팠어요.

"가여운 병아리들! 너희도 배고프지?" 선생님은 맥먹이 건네준 사료를 병아리들에게 먹였어요. 병아리들은 마지막이 될지도 모르는 모이를 맛있게 먹었지요.

⚜

이제는 어두운 밤이 되었어요. 링링 선생님도 그만 집에 돌아가야 했어요. '불쌍한 병아리들아. 새벽에 얼어 죽으면 안 돼. 알겠지?' 병아리들을 남겨두고 떠나야 하는 선생님은 마음이 아팠지만 다른 방법이 없었어요. "안녕! 잘 가! 반드시 살아야 해." 링링 선생님이 병아리들에게 작별 인사를 건넸답니다. 병아리들을 풀어 준 선생님은 눈물을 펑펑 흘렸지요.

그런데 신기한 일이 일어났어요. "파드닥, 파드닥." 갑자기 병아리들이 날갯짓을 하며 날아오르기 시작했답니다!

그러더니 은은한 달빛이 비치는 밤하늘로 훨훨 날아가 버렸어요. 어? 그러고 보니 여기가 조류보호구역이었지 뭐예요.

귀여운 병아리들은 이곳에서
다른 새들과 함께 자유롭게 날아다니며
건강하고 행복하게 살 거예요.
아이들이 간절히 바란 것처럼요.

보름달과 변하지 않는 것

"추석에는 꼭 송편만 먹어야 하는 것은 아니야!" 추석날 아침, 엄마는 내게 오무라이스를 주시면서 이렇게 말했어요. "송편은 저녁에 먹자." 와우! 쫀득쫀득한 송편은 정말 정말 맛있어요.

오늘은 추석이니까 엄마가 특별한 도시락을 싸 주셨겠지요? 추석 때만 먹는 특별한 음식 말이에요. 나는 수업을 받으면서도 한 가득 기대에 부풀었어요.

이런! 그런데 엄마는 도시락으로 복숭아와 우유 그리고 치킨 샌드위치를 싸 주셨지 뭐예요. 추석 날 치킨 샌드위치를 먹는 것도 특별한 걸까요?

⚜

혹시 추석에는 달에서 방아를 찧고 있는 흰 토끼를 꼭 만나야 한다고 생각하고 있나요? 나는 토끼 대신 유치원에서 내 친구들인 더비, 구시, 맥덜, 페이와 함께 놀았지요.

⚜

수업시간에 선생님께서 알파벳을 가르쳐 주셨어요. "M은 달을 뜻하는 Moon의 첫 글자야." 달이라는 영어 단어를 배운 것은 정말 멋졌어요. 바로 오늘이 큰 보름달이 뜨는 추석이니까요.

하지만 미술 시간에는 추석과 전혀 상관없는 것을 만들었지요.
"종이 등불은 어린이들이 가지고 놀기에는 너무 위험하니까 대신 헬리콥터를 만들어 보자."

⚜

음…, 헬리콥터 만들기도 제법 재밌는걸요? 비록 하늘을 날 수 없었지만 말이에요.

⚜

내가 만든 헬리콥터를 엄마에게 보여 드렸어요. "와~! 정말 멋지구나. 그런데 추석인데 왜 선생님께서는 토끼 접기를 안 가르쳐 주셨을까?" 엄마는 고개를 갸우뚱하셨지요.

그렇지만 엄마도 추석과 별로 상관없는 닭볶음탕과 새우튀김, 샐러드를 저녁으로 만들어 주셨어요. 하지만 정말 맛있는 저녁이었지요. "와, 진짜 맛있어요! 엄마, 밥 한 공기만 더 주세요." 하지만 엄마는 손을 저으며 이렇게 말씀하셨어요. "송편도 먹어야 하니까 밥은 이제 그만 먹으렴."

⚜

우리는 송편과 배를 싸 가지고 공원으로 달구경을 하러 갔어요. 나는 토끼 모양 등불을 손에 들었지요. "반드시 높은 곳에 올라가야만 달을 구경할 수 있는 것은 아니란다." 엄마의 말에 나는 고개를 끄덕였어요.

공원은 달구경을 나온 사람들로 북적거렸어요. 이를 어쩌지요? 높은 건물들과 수많은 사람들 때문에 하늘이 잘 보이지 않지 뭐예요.

이런! 거기다 구름 때문에 보름달이 보이지 않네요. "너무 속상해 하지 마. 보름달은 저 구름 너머에서 환하게 빛나고 있단다. 바람이 구름을 밀어 내면 환한 보름달을 볼 수 있을 거야." 시무룩해진 나를 엄마가 다정하게 위로해 주셨어요.

어휴! 하지만 그날따라 웬일인지 바람은 하나도 불지 않았고, 밤공기는 무덥기만 했어요. 그래도 공원에 모인 아이들은 저마다 등불에 불을 밝히고 즐겁게 놀고 있었지요. 나도 가져간 토끼 등불에 불을 밝혔어요.

'추석에 보름달을 못 보다니…….' 나는 조금 속이 상했어요. 그때 마침 엄마가 배를 꺼내서 내 입에 쏙 집어넣어 주셨어요. 와우! 시원한 배 맛이 입 안 가득 퍼지네요. "사실 이 배는 중국산이란다. 엄마가 어릴 때는 과일이 모두 우리나라 거였는데……." 엄마가 말씀하셨어요.

나는 갑자기 엄마에게 이렇게 물었어요. "엄마! 영원히 변하지 않는 물건도 있나요?" 엄마는 잠시 생각에 빠지시더니 곧 이렇게 대답하셨지요. "물론이지!" 하지만 그 물건이 무엇인지는 대답해 주지 못하셨어요.

❖

우리는 송편도 먹고 나서 좀 더 놀다가 집으로 돌아왔어요. 하지만 끝까지 바람이 안 불어서 아쉽게도 환한 추석 보름달은 볼 수 없었답니다.

나는 깨끗이 씻고 나서 침대에 누워 창밖을 내다봤어요. 단 1초만이라도 보름달을 볼 수 있으면 얼마나 좋을까요?

"똑똑똑!" 엄마가 내 방에 들어오셨어요. "아들! 아까 네가 공원에서 했던 말을 곰곰이 생각해 보니까 말이야, 영원히 변하지 않는 것은 바로 네 마음속에 있단다." 엄마는 내 머리를 사랑스럽다는 듯 쓰다듬어 주시며 말씀하셨어요.

엄마의 얘기를 듣고, 나는 빙그레 웃었어요. 그리고 다시 구름으로 가득한 하늘을 올려다봤지요.

⚜

그래요, 구름 너머에는 분명히 밝게 빛나고 있는 보름달이 있을 거예요. 그리고 추석 밤하늘을 환하게 비치고 있겠지요?

✈ 희망을 실은 비행기

"맥먹, 저녁도 먹었으니 공항으로 산책이나 가 볼까?" 엄마 아빠의 말에 나는 너무 좋아서 크게 소리를 질렀지요. "야호!"

공항으로 산책을 간다는 게 좀 이상하지요? 지금 우리가 가려는 곳은 구공항이에요. 신공항이 생기면서 구공항에 멋진 전시관을 지으려 했지만, 경제가 어렵다 보니 그만 계획이 없어지고 말았어요. 그래서 지금은 그냥 공터가 되어 버렸답니다.

활주로 양옆에는 높다란 나무들이 있어요. 노점상 주인들은 그 나무에다 작은 등불을 걸어 놓고 장사를 하지요. 공항에는 실업자, 노점상 주인, 산책을 나온 사람들이 있었어요. 모두 이곳에서 할 일 없이 시간을 보내는 거랍니다.

공항에서는 번데기, 쥐포 등 맛있는 간식거리는 물론이고, 여러 가지 모조품도 다양하게 팔았어요. 손금을 봐 주는 아저씨는 아빠의 동창이시래요. 지금 이곳에서 장사를 하시는 분들은 대부분 비행기를 고치는 분들이었는데 공항이 없어지면서 일자리가 없어진 거래요. "이보게, 언제쯤 취직이 될 것 같은가?" 아빠가 물었어요. "나는 내일이라도 됐으면 좋겠네, 허허허." 아저씨는 힘없이 웃으시며 대답하셨어요.

바다 위에는 배들이 환하게 빛을 내고 있었어요. 사실은 진짜 고기를 잡는 배보다 유람선이나 장사를 하는 배가 더 많았지요.

"아, 여기 있다 보니 옛날에 있었던 일들이 생각나는구나." 엄마는 옛 추억에 잠긴 듯 말했어요.

⚜

맥덜의 엄마는 얼마 전부터 공항에서 감자튀김 장사를 시작했어요. 마침 엄마를 따라 공항에 온 맥덜과 만났답니다. 우리는 공항 곳곳을 누비며 뛰어다녔지요. 짐을 찾는 곳은 맥덜이 좋아하는 놀이 장소예요. 맥덜은 내게 더 좋은 장소를 가르쳐 줬어요. "맥먹! 관제탑에서 놀자. 거기가 제일 재밌어."

관제탑에 올라가 보니 수많은 연들과 행글라이더를 탄 사람들이 반짝이는 별들로 수놓아진 하늘을 날고 있었지요. "며칠 전에 이곳에서 행글라이더를 타던 사람이 떨어져 죽었대. 하지만 나도 꼭 하늘을 날아 보고 싶어." 맥덜이 말했어요.

와우! 맥덜이 이렇게 용감한 줄은 꿈에도 몰랐네요.

잠시 후, 맥덜과 나는 맥빙 여사의 가게에 도착했어요. 우리는 맥덜의 엄마가 준 감자튀김을 들고서 잔디 위에 앉았지요. 저 멀리서 작은 연주회가 열리고 있네요. 어떤 사람들은 풀피리를 불고 있군요. "맥덜! 저 풀이 뭔지 알아?" 그런데 맥덜은 잠시 머리를 긁적이더니 엉뚱한 소리만 하지 뭐예요. "야! 여기는 내가 자주 오줌을 누던 곳이야."

뭐, 나도 거기에 오줌을 눴어요. 멋진 음악이 고요한 밤하늘에 울려 퍼졌지요. 밤이 깊어가자 점점 더 많은 사람들이 몰려들었고, 공항은 금세 시끌시끌해졌어요. 어? 그런데 정말 이상해요. 마치 내가 유리 상자에라도 들어가 있는 것처럼 주위가 갑자기 조용해졌지 뭐예요.

'도대체 어떻게 된 거지? 아! 아빠에게 물어봐야겠다.' 나는 곧장 아빠에게 달려갔어요. 아빠는 그 이유를 자세히 설명해 주셨답니다. "이상할 거 없어. 비행기가 네 머리 위로 지나갈 때 비행기 소리가 무척 크기 때문에 오히려 가까이에서 나는 소리는 안 들릴 수도 있단다. 그래서 갑자기 조용해졌다고 느끼는 거야. 그러고 보니 예전에 이 공항에서 일하던 때는 비행기 소리가 시끄럽다고 생각했는데, 이제는 그때가 무척 그립구나."

어쩌면 지금도 우리 머리 위로 비행기가 지나가고 있을지도 몰라요. 아주 높이 떠 있어서 소리가 들리지 않는 것이겠지요.

희망을 잃지 않고 열심히 살아가고 있는 이 공항에 있는 사람들처럼, 비행기도 누군가의 희망을 싣고 어딘가를 향해 힘차게 날아가고 있을 거예요.

 비가 오는 가을날

보슬보슬 비가 내리던 가을날 맥덜과 나는 찐빵 두 개를 사 먹었어요. 하지만 여전히 배가 고팠어요. 계속 길을 걷고 있는데 어디선가 고소한 만두 냄새가 코를 찔렀지요.

길을 지나가는 사람들의 우산에서 흐르는 빗방울이 우리 머리 위로 똑똑똑 떨어졌어요. 우리는 우비도 입지 않았지만 그래도 무척 즐거웠지요. "맥덜! 우리 가게 안에 들어갔다가 비가 그치면 나오자." 좋은 생각이지요?

우리는 가게 안에 있는 헬로키티 물건들도 구경하고, 지나가는 사람들도 구경했지요. "맥먹! 가게 안에 헬로키티 물건들이 진짜 많다. 사람들도 엄청 많고." 맥덜이 말했어요.

⚜

우리는 에스컬레이터를 타고 2층으로 올라갔어요. 움직이지 않아도 계단을 올라갈 수 있는 에스컬레이터는 정말 신기하고 재미있어요. 그런데 갑자기 맥덜이 뒤돌아보며 말했어요. "맥먹! 찐빵 하나만 먹었더니 배가 고프다." 그러고 보니 나도 배가 좀 고픈 것 같아요.

우리는 가게에서 수많은 디브이디를 구경했어요. 디브이디가 다섯 개에 만 원이래요. 뭐, 디브이디를 살 돈은 없었지만, 아무튼 굉장히 싸게 파는 것 같았어요. "우리는 둘 뿐인데 디브이디랑 헬로키티 물건이랑 사람들은 참 많다, 그치?" 맥덜이 신기한 듯이 말했어요. 그러게 말이에요.

텔레비전에서는 가수가 나와서 노래를 부르고 있네요. 신나는 노래를 듣고 있으니 움찔움찔 저절로 몸이 들썩거렸지요.

사람들은 각자 맘에 드는 물건을 고르느라 정신이 없었어요. 우아! 우리만큼 커다란 헬로키티 인형도 있네요. 가게 안은 사람도 많고, 시끌시끌해서 정신이 없었어요. 비가 와서 사람들도 더 많고, 더 시끄러운 것인지도 몰라요.

맥덜과 나는 달랑 찐빵 한 개씩만 먹어서 몹시 배가 고팠지만, 서로 손을 꼭 잡고 여러 물건들과 사람들을 계속 구경했답니다.

계속 내리는 비 때문에 가게 안으로 들어오는 사람들이 점점 많아졌어요. 나와 맥덜은 다시 밖으로 나왔어요.

❦

우리는 가게 앞에 쪼그리고 앉아 처마를 타고 한 방울씩 떨어지는 빗방울을 쳐다보았어요. "똑! 똑! 똑!" 경쾌하게 울리는 빗방울 소리도 들었지요. "꼬르륵~ 꼬르륵~." 찐빵이 모두 소화가 됐는지 배꼽시계가 요란하게 울리네요.

❦

보슬보슬 비가 내리는 가을날, 우리는 내리는 비를 쳐다보며 무언가 재미있는 일이라도 생기기를 기다렸지요. 하지만 끝까지 아무 일도 없었어요. 에휴~!

지금은 정말 시간이 천천히 흐르는 것 같아요. 하지만 나와 맥덜도 좀 더 자라면 다른 어른들처럼 세월이 빨리 지나간다고 말할지도 모르지요. 그때는 맥덜도, 나도 아빠보다 더 키가 클지도 몰라요. 그래도 우리 둘은 여전히 친구일 거예요.

어른이 되어서도 오늘처럼 보슬보슬 비가 오는 가을날이면 둘이서 또다시 이 가게를 찾아올지도 몰라요. 그리고 지금처럼 찐빵 한 개씩을 먹고 나서, 가게 안의 물건과 사람들을 구경할지도 모르지요.

⚜

지금과 변함없이 말이에요.

맥먹의 신기한 유치원복

겨울과 여름, 유치원의 쉬는 시간 후 모습은 서로 다르답니다. 여름에는 쉬는 시간이 끝난 후 모두 줄을 지어 교실로 향하지요. 하지만 겨울에는 쉬는 시간이 끝난 후 모두 줄을 지어 원장실로 가지요. 바로 벗어두었던 겉옷을 찾아가려는 거예요.

⚜

유치원복의 색깔과 모양은 모두 같았어요. 그래서 종종 바꿔 입고 갈 때도 있었지요. 이런! 오늘은 맥먹이 그만 다른 친구의 유치원복을 입고 집으로 갔지 뭐예요(어쩌면 맥먹이 아침에 입고 온 유치원복도 진짜 맥먹의 옷이 아닐지도 몰라요).

집에 돌아온 맥먹에게 이상한 일이 생겼어요. 오늘 아침, 맥먹은 분명히 유치원복 앞주머니에 노란색 장난감 스포츠카를 넣어 두었는데……, "어? 미니버스잖아?" 앞주머니에 손을 집어넣은 맥먹은 화들짝 놀라고 말았어요.

이날 아침 맥먹의 엄마는 유치원복 다른 쪽 앞주머니에 휴대용 휴지를 넣어 두었어요. 어라! 그런데 그 주머니에는 다른 모양의 휴대용 휴지가 들어 있지 뭐예요.

그리고 맥먹은 유치원에서 친구가 준 고소한 땅콩을 주머니 속에 넣어두었지요. 그런데 집에 돌아와 보니 신기하게도 고소한 땅콩이 딸기맛 젤리로 변해 있지 뭐예요.

맥먹은 어리둥절했어요. 모두 자기 물건이 아니었으니까요.

⚜

하지만 맥먹은 미니버스가 무척 맘에 들었어요. 앗! 콧물이 흐르네요. 맥먹은 우선 주머니 속에서 휴지를 꺼내 흐르는 콧물을 쓰윽 닦았지요.

한참동안 딸기맛 젤리를 쳐다보며 침을 꼴깍꼴깍 삼키던 맥먹은 결국 한입 베어 물고 말았어요.

에구머니! 그런데 이를 어쩌지요? 유치원복 안주머니에 맥먹이 가장 아끼는 보물을 넣어 두었는데 지금은 모두 다 다른 물건으로 바뀌어 버렸으니 말이에요.

하지만 꼭 그렇게 나쁜 것만도 아니었어요. 매일매일 바꿔 입고 오는 유치원복 안주머니에는 행운의 별도 있었고, 이름 없는 전화번호도 있었지요. 심지어는 장래 희망을 적은 쪽지도 있었답니다. 맥먹은 다른 친구의 비밀을 엿볼 수 있어서 몹시 신이 났지요. 그건 때로 맥먹을 감동시키기도 했지요.

유치원복은 마치 요술 주머니처럼 매일 다른 물건이 들어 있었어요. 맥먹이 전혀 생각지도 못한 물건들이었지요. "우아! 신기해." 그때마다 맥먹의 눈은 동그래졌지요. 맥먹은 날마다 새로운 물건이 들어 있는 유치원복이 정말 맘에 쏙 들었어요.

'도대체 어떻게 된 거지? 어제는 커다란 유치원복을 입고 오더니 오늘은 작은 옷을 입고 왔잖아?' 맥먹의 엄마는 고개를 갸우뚱거리며 생각했어요.

그래서 엄마는 맥먹의 새 유치원복을 만들고는 큼지막하게 맥먹의 이름을 수놓아 주셨지요. 와우! 정말 멋져요. 이젠 다른 친구들의 유치원복이랑 쉽게 구분할 수 있겠는걸요?

⚜

맥먹은 새 유치원복 주머니에 빨간 장난감 자동차를 넣고서 유치원에 갔어요.

⚜

유치원이 끝나고 집에 돌아온 맥먹은 유치원복 앞주머니에 손을 쑥 집어넣고 물건을 꺼냈지요. 어? 아침에 넣어 두었던 빨간 장난감 자동차가 그대로 있지 뭐예요.

아침에 넣어두었던 문어 다리도 주머니 속에 그대로 있었어요. 안주머니 속에 넣어 두었던 연예인 사진도 그대로였고요. "어? 이상하다. 물건들이 그대로 있잖아?" 맥먹은 살짝 실망했지요.

❀

그래도 맥먹은 빨간 장난감차를 다시 가지고 놀 수 있어서 무척 기뻤어요. "냠냠!" 그리고 맛있는 문어 다리를 먹을 수 있어서 참 행복했답니다.

자, 이제 안주머니를 살펴볼까요? 어? 이름 없는 전화번호가 나오네요. 그런데 분명히 맥먹의 글씨가 맞아요. "이건 내가 쓴 건데, 도대체 누구의 전화번호지?" 맥먹은 전화기를 들고 하나 하나 조심스레 번호를 눌렀지요.

"맥먹! 네가 전화할 줄 알았어." 글쎄 오늘 유치원에서 새로 사귄 친구가 전화를 받지 뭐예요. 아하! 맥먹이 오늘 유치원에서 새로 사귄 친구의 전화번호를 적어서 유치원복 안주머니에 넣어 두었던 거군요.

정말 신기한 유치원복이에요. 오른쪽 주머니에도, 왼쪽 주머니에도, 그리고 안주머니에도 모두 맥먹의 물건이 들어 있으니까요. 신기한 유치원복은 맥먹의 소중한 물건들을 고이 간직하고 있었답니다. "우아! 정말 멋진 유치원복이야." 맥먹은 멋지고 신기한 유치원복이 있어서 무척 행복해했답니다.

 눈에는 보이지 않는 선물

"얘들아! 이번 크리스마스에는 각자 선물을 준비해서 서로 바꾸는 게 어떨까?" 링링 선생님의 말이 끝나기가 무섭게 아이들은 교실이 떠나갈 듯 소리를 질렀어요. "야호!"

⚜

"선물은 정성이 중요하니까 2천 원이 넘지 않는 선물을 사 오도록 하세요." 선생님의 말에 모두 고개를 끄덕였지요.

수업이 끝나자마자 맥덜은 선물 가게로 쏜살같이 달려갔어요. 사실 2천 원은 그리 큰돈은 아니에요. 이 돈으로 어떤 선물을 사면 좋을까요?

⚜

맥덜은 선물 가게 구석구석을 돌아보며, 맘에 쏙 드는 선물을 골랐지요. '와우! 바로 이거야. 이 그릇에다 따끈따끈한 떡국을 담아 먹으면 정말 맛있겠다.' 예쁜 그릇을 손에 든 맥덜은 눈이 반짝반짝했어요. 이 선물을 받은 친구가 그릇에 떡국을 담아 맛있게 먹는 상상을 하니 콧노래가 절로 나왔답니다.

"엄마! 친구에게 줄 크리스마스 선물을 사야 해요. 2천 원만 주세요." 룰루랄라 콧노래를 부르며 집에 돌아온 맥덜이 엄마에게 말했어요. 하지만 엄마는 생각지도 못한 말을 하셨어요. "그러니까 2천 원이 넘지 않는 선물만 사면 되는 거지? 그럼 천 원짜리 선물을 사도 괜찮겠네!" 어휴, 엄마는 맥덜에게 정말 천 원만 주셨어요. 결국 예쁜 그릇은 살 수 없게 되었답니다.

다음 날, 맥덜은 또다시 선물 가게에 들렸어요. '음…, 어떤 선물이 좋을까?' 맥덜은 한참을 고민한 끝에 멋진 플라스틱 숟가락을 집어 들었어요. '그래! 바로 이거야. 이 숟가락으로 따끈한 떡국 국물을 떠먹으면 진짜 맛있을 거야.' 맥덜은 귀한 보물을 발견한 것처럼 기뻐했지요. 그리고 숟가락을 선물로 받고 기뻐할 친구의 모습을 상상하니 더욱 신이 났답니다.

아참! 예쁜 포장지로 선물을 포장해야 해요. 그래야 선물이 더욱 빛날 테니까요. 맥덜은 우선 숟가락을 내려놓고 포장지를 골랐어요. 포장지는 한 이백 원이면 살 수 있겠지요? 나머지 돈으로는 숟가락을 사면 되겠네요.

계산대에 선 맥덜이 직원에게 천 원을 건넸어요. "감사합니다. 정확히 천 원이네요." 맙소사! 포장지 가격이 천 원이나 하지 뭐예요. 그래서 맥덜은 달랑 포장지 하나만 살 수 있었답니다. 이를 어쩌면 좋죠? 친구에게 포장지만 선물할 수는 없잖아요.

맥덜은 집으로 달려가 돼지 저금통에서 동전들을 꺼냈어요. 백 원, 이백 원, 삼백 원……, 팔백 원! 야호! 다행히도 숟가락 가격이랑 딱 맞네요. "휴~!" 맥덜은 다행이라는 듯 한숨을 내쉬었어요. 그동안 모아둔 돈을 다 써야 해서 조금 아쉬웠지만, 그래도 친구에게 멋진 선물을 할 수 있게 되어 무척 기뻤지요.

맥덜은 드디어 가장 좋은 선물을 최고의 포장지로 포장해서 친구에게 선물할 수 있게 되었어요. 맥덜은 여러 번 실패 끝에 멋진 선물 상자를 만들었어요. 그리고는 아주 조심스럽게 숟가락을 상자 안에 넣었어요.

'선물을 받은 친구가 이 숟가락으로 따끈한 국물을 떠먹으면 참 행복하겠지?' 맥덜은 기분 좋은 상상을 하며 다시 숟가락을 꺼내어 국물을 떠서 입에 넣는 시늉을 했지요. "뚝!" 에구머니! 세상에서 가장 멋진 숟가락이 그만 부러지고 말았지 뭐예요.

"으앙!" 맥덜은 결국 울음보를 터트리고 말았어요. 정성스럽게 준비한 선물이 한순간에 망가져 버렸기 때문이지요. 이제 맥덜이 선물할 수 있는 것은 아무것도 없었어요. 숟가락도, 정성도, 돈도 모두 없어지고 말았어요. 가엾은 맥덜! 부러진 숟가락과 텅 빈 선물 상자를 보며 맥덜은 한참동안 눈물만 흘렸답니다.

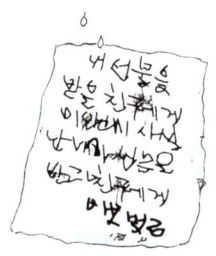

잠시 후 맥덜은 연필과 종이를 꺼냈어요. 그러고는 훌쩍거리며 편지를 쓰기 시작했지요(아참! 맥덜이 쓴 편지가 글씨는 엉망이라도 그 마음만큼은 진심이라는 사실을 꼭 기억하세요).

⚜

「내 선물을 받을 친구에게

미안해! 사실 난 네가 내가 준 선물을 받고 기뻐하는 모습을 보고 싶었어. 그래서 선물을 고르느라 며칠 동안 고민도 많이 했단다. 하지만 실수로 그만 준비한 선물을 망가뜨리고 말았어. 널 실망시켜서 정말 미안해.

사실 내 계획은 말이야. 네게 커다란 그릇하고 예쁜 숟가락을 선물하는 거였어. 그러면 새해 첫날에 그 그릇에 떡국을 담아 숟가락으로 따끈한 국물을 떠먹을 수 있도록 말이야. 후루룩후루룩 맛있게 국물을 떠먹고 나면 몸이 따뜻해질 테니까. 하지만 내가 멍청하게 그만 실수로…….」

맥덜의 선물을 뽑은 메이는 편지를 끝까지 읽지 못했어요. 친구들이 메이에게 몰려들었거든요. "메이! 넌 어떤 선물을 받았니? 구경 좀 하자."

메이는 편지를 살포시 무릎 위에 올려놓더니 이렇게 말했어요. "그건 말이지, 커다란 그릇하고 멋진 숟가락이야."

"우아~! 좋겠다. 어? 그런데 선물이 없는걸? 그릇이랑 숟가락은 어디 있니?" 친구들은 두 눈을 동그랗게 뜨고 선물을 찾았지요. "응, 내 마음속에 있어." 메이는 빙그레 웃었어요.

친구들은 메이가 무슨 말을 하는지 이해할 수 없었어요. 쉿! 다른 친구들에게는 말하면 안 돼요. 그건 맥덜과 메이 그리고 우리만 아는 비밀이랍니다.

정성이 깃든 크리스마스

내일은 모두가 손꼽아 기다리는 즐거운 크리스마스예요. 아이들은 모두 집으로 돌아갔지만 원장선생님인 나는 유치원에 좀 더 남아서 크리스마스트리 장식을 해야 했지요. 물론 작년에 사용했던 크리스마스트리와 장식품으로 말이에요. 사실은 재작년에도 사용했던 거예요.

⚜

플라스틱 크리스마스트리를 조립하는 것은 무척이나 힘들어요. 끼워 넣는 부분이 무척 빡빡해서 힘을 잔뜩 줘야만 겨우 들어가거든요. 벌써 땀이 나네요.

낑낑거리며 트리를 조립하느라 힘을 많이 줘서일까요? 갑자기 화장실에 가고 싶지 뭐예요. 볼일을 보고 화장실에서 나오려는데 웬 뚱뚱보 아저씨가 서 있어서 깜짝 놀랐어요. 이런, 거울에 비친 내 모습이군요. 휴~! 요즘 거울을 너무 안 본 거 같아요.

어휴! 올해도 우스꽝스런 산타 가면을 써야 하지요. 벌써 십 년째 쓰고 있답니다. 한번은 다른 모양의 산타 가면을 쓰고 싶어서 문구점에 갔는데 역시 똑같이 생긴 가면을 팔더군요. 언제쯤 멋진 산타 가면을 써 볼 수 있을까요?

크리스마스 장식품들도 먼지가 쌓여서 무척 더럽네요. 사실 새로 사도 모양이 크게 다르지는 않아요. 단지 먼지가 없을 뿐이죠. 어차피 비슷하게 생겼다면 그냥 깨끗이 닦아 쓰면 되겠네요. 아하! 커다란 대야에 비눗물을 풀어 장식품들을 한꺼번에 넣으면 손쉽게 씻을 수 있겠군요.

글쎄 링링 선생님은 약속이 있다면서 먼저 퇴근을 했답니다. 빈 신발 상자를 포장해서 선물 장식을 만들어야 하는데 혼자 가버리다니요. 크리스마스트리 장식하기도 바쁜데, 상자 포장도 혼자 다 해야 하네요. 몸이 열 개라도 모자랄 것 같군요.

⚜

자! 그럼 전구에 불이 잘 들어오는지 한번 켜 볼까요? 앗! 그런데 콘센트 구멍이 안 맞지 뭐예요.

작년에도 전구가 말썽을 부렸는데 올해도 역시 속을 썩이네요. 콘센트 구멍에 맞는 플러그를 사야겠어요. 조명이 없는 크리스마스트리는 팥 없는 호빵이나 마찬가지니까요.

"꼬르륵 꼬르륵." 배꼽시계가 울리네요. 열심히 일했으니 맛있는 저녁을 먹고 와서 계속해야겠어요.

⚜

식사를 마치고 가게에 들러 플러그를 샀어요. 오는 길에 세탁소에도 들러 드라이클리닝을 한 산타 옷도 찾아왔죠. 아참! 깜빡하고 중요한 걸 잊을 뻔했네요. 약국에 들러 땀띠약도 사야 하는데 하마터면 까먹을 뻔했군요.

겨울에 무슨 땀띠약이냐고요? 매년 산타 분장을 할 때마다 땀을 많이 흘려서 땀띠 때문에 무척 고생을 했거든요. 그래서 올해는 산타 분장을 하기 전에 미리 땀띠약을 바르려는 거예요.

드디어 크리스마스트리에 반짝이는 별과 천사, 알록달록 반짝이는 공들을 모두 달았어요. 자! 내일 있을 크리스마스 파티를 위해 이제 그만 퇴근을 해야겠네요. 집에 돌아가면 설레는 마음으로 잠들겠는데요? 물론 그전에 땀띠약부터 발라야겠어요.

드디어 크리스마스 날이에요. 우선 산타 옷부터 입어야겠군요. 앗! 혹시 세탁소에서 드라이클리닝을 잘못해서 옷이 줄어든 걸까요? 아니면 어제 너무 많이 먹고 자서 몸이 부은 걸까요? 산타 옷이 꽉 끼어서 입기가 힘들지 뭐예요.

⚜

간신히 산타 옷을 껴입고서 새로 사온 플러그를 콘센트에 꽂았어요. 와우~! 전구에 불빛이 환하게 들어오니 크리스마스트리가 한결 더 근사해 보이네요.

⚜

자! 이제 아이들이 오기만을 기다리면 되겠네요.

잠시 후, 사랑스런 아이들이 도착했어요. 아이들은 반짝거리는 크리스마스트리 앞에 모여 박수를 치며 소리를 질렀지요. 소박한 크리스마스트리와 뚱뚱보 산타 할아버지를 보고도 몹시 기뻐하는 아이들을 보니 무척 뿌듯했어요.

⚜

해마다 크리스마스는 내게 말할 수 없이 큰 기쁨과 행복을 선물하지요. 나는 이 기쁨과 행복의 힘으로 일 년을 살아간답니다. 내년에는 크리스마스트리를 좀 더 멋지게 꾸며야겠어요. 산타 옷을 계속 입으려면 다이어트도 해야 하고요. 아이들에게 멋진 산타할아버지의 모습을 보여 줘야 할 테니까요.

아, 벌써부터 내년 크리스마스가 기다려지네요.

따뜻한 한 줄기 빛

정말 오랜만에 아버지와 단둘이 외식을 하게 되었어요. 쌀쌀한 겨울날 우리는 가로등 불빛이 환하게 비치는 거리를 걸었어요.

"맥먹! 뭐가 먹고 싶니?" 아버지가 물으셨어요. "아버지! 좀 더 걸으면서 생각해요." 나는 아버지와 함께 걷는 기분을 더 많이 느끼고 싶었거든요. 아버지는 노을이 지고 있는 하늘을 보며 이렇게 말했어요. "저 하늘이 꼭 너를 닮은 거 같구나."

아버지와 나는 가구 가게 앞을 지나갔어요. 독특하게 생긴 가구들이 많이 진열되어 있었지요. 우리는 우스꽝스럽게 생긴 가구들을 보며 웃음보를 터트렸어요. "어이쿠! 굉장히 비싸구나. 뭐, 저런 건 관심이 없었지만 한번쯤 써 보는 것도 재밌을 것 같구나. 하하하!" 아버지가 너털웃음을 지으며 말씀하셨어요.

아버지는 오늘 새 일자리가 생기셨어요. 정말 축하할 일이지요. 아버지도 나도 입가에 미소가 떠나지 않았죠.

⚜

"아들! 뭐가 먹고 싶니?" 아버지가 또 물으시네요. 난 여전히 좀 더 걷자고 말했어요. 우리가 지나가는 거리에는 비둘기들이 먹이를 쪼아 먹고 있었어요. "아하! 우리 오랜만에 치킨이나 먹으러 갈까?" 아버지가 활짝 웃으며 말씀하셨어요.

⚜

치킨 가게로 가는 길에 볼링장이 있었어요. 볼링장 입구에는 아직도 크리스마스 전구가 장식되어 있었답니다. 나는 볼링은 잘 못 치지만 들어가서 한번 구경해 보고 싶었지요. 그때 갑자기 아버지가 이렇게 말씀을 하시는 거예요. "그러지 말고 샤브샤브나 먹으러 갈까?"

하지만 나는 조금 더 걷고 싶었어요. 우리는 또 길을 따라 걸었어요. 그런데 아버지는 지나가는 버스를 보시고는 손뼉을 치며 이렇게 말씀하셨어요. "아들! 우리 회전 초밥 먹으러 가자." 어휴~, 오늘 아버지는 정말 배가 많이 배고프신 모양이에요.

결국 아버지와 나는 단골 식당으로 향했지요. 아버지는 식당에 들어서자마자 불고기와 닭갈비를 순식간에 주문하셨어요. 이런! 몽땅 고기네요. 아버지는 고기를 무척 좋아하시거든요. 평소에는 건강 때문에 고기를 많이 드시면 안 되지만 오늘은 특별한 날이니까 살짝 눈감아 드리기로 했답니다.

오늘은 나도 마음껏 먹을 생각이에요. 아버지는 나란히 앉은 나를 보며 뿌듯하게 웃으셨어요. "녀석! 코흘리개 꼬맹이였던 때가 엊그제 같은데 이제는 이 애비보다 훨씬 큰 청년이 됐구나. 아버지가 사 주는 거니까 많이 먹어라!" 아버지는 신이 난 어린애처럼 즐거워하셨지요.

오늘따라 아버지는 말씀을 많이 하셨어요. 그런 아버지의 모습을 보니까 가슴이 따뜻해졌지요. 한동안 아버지는 고민이 많은 탓에 말씀이 없으셨거든요.

식당을 나서자 거리는 온통 환하게 빛나고 있었어요. 아버지와 나는 사람들이 북적이는 시내로 향했지요. 우리는 오랜만에 영화를 보고 나서 이곳저곳을 구경하며 즐거운 시간을 보냈답니다. 아버지와 나는 지금 이 순간이 무척 만족스러웠어요.

아버지와 나는 다시 길을 따라 집으로 향했어요. 나는 아버지의 손을 잡아드리고 싶었지만 어쩐지 조금 쑥스러워서 선뜻 용기를 내지 못했지요.

바람이 내 머리카락을 스치고 지나갔어요. 그런 다음 아버지의 머리카락을 건드리더니, 천천히 어둠 속으로 사라져 버렸지요. 아버지는 이제 말 없이 걷기만 하시네요. 나 역시 아무런 말도 하지 않았지요. 밤공기는 조금 더 쌀쌀해졌어요.

⚜

어둠이 짙게 내려앉은 밤, 나는 한 줄기 빛을 가리키며 말했어요. "아버지! 깜빡하고 불을 안 끄고 나왔네요."

우리는 잠시 멈춰 서서 멍하니 그 불빛을 바라봤어요. 행복이 넘치는 우리 집에서 새어나오고 있는 희망의 불빛이었지요.

아버지는 불빛에서 쉽게 눈을 떼지 못하셨어요. 그 한 줄기 빛은 부드럽게 아버지의 얼굴을 비추고 있었지요. 내일은 아버지가 좋아하시는 삼겹살을 직접 구워 드려야겠어요. 퇴근하고 돌아오신 아버지가 맛있는 고기 냄새를 맡으시며 활짝 미소 지으시는 모습을 보고 싶으니까요.

초판 1쇄 발행 | 2009년 7월 10일

자은이 | 브라이언 츠
그린이 | 앨리스 막
발행인 | 최현희
펴낸곳 | 도서출판 푸른날개
편집인 | 이선일, 강민주, 이은경
디자인 | 연수재

출판등록 | 제 131-91-44275
주소 | 인천시 연수구 연수동 616-7 미추홀 빌딩 4층
전화 | 032) 811-5103 · **팩스** | 032) 232-0557 · **E-mail** | bluewing5103@naver.com
ISBN | 978-89-93055-15-3 03820

저작권법에 의해 보호를 받는 저작물이므로 무단전재나 복제를 금합니다.
All rights reserved. First edition Printed 2009. Printed in Korea.
잘못 만들어진 책은 구입처에서 바꾸어 드립니다.